「下がりなさい！」
バンピーを押し除けたエルロードが魔法で応戦し、
激突した二つの魔法は爆炎を轟かせ、
混ざり合うように爆ぜる。
土埃が収まったその場には
変わらぬ姿の老人が佇んでいた。
「あれは魔法を極めた者だけが使える魔法です。
見た目に反して威力は凄まじい」

「なんだか妙に詳しいけれど……貴方あの老人のこと知ってるの？」
「あれはかつての私の師です」
「そうなの!?」

「最後の戦いをはじめましょう」

未実装のラスボス達が仲間になりました。

The unimple
mented
end-stage
enemys have
joined us!

8

Author
ながワサビ64
Illust. かわく

Presented by Nagawasabi64
Illustration Kawaku

TENTS

Introduction 序 004

Chapter 01 第1話 010

Chapter 02 第2話 054

Chapter 03 第3話 099

activation { Dungeon Generation }

VRMMORPG 《eternity》

CON

Chapter 04 第4話 144

Chapter 05 第5話 177

Chapter 06 第6話 257

Chapter 07 第7話 300

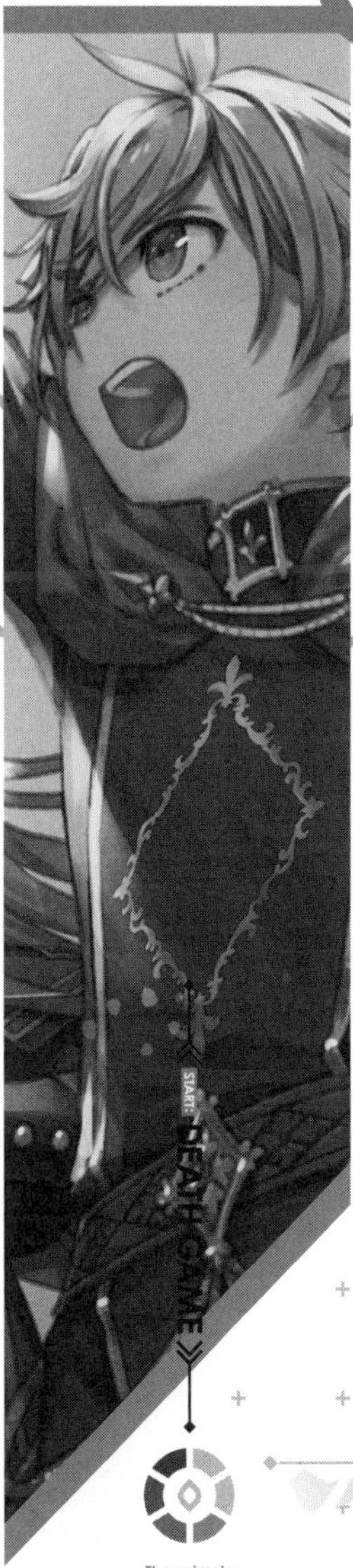

The unimple
mented
end-stage enemys
have joined us!

contract: { BOSS MOB }

The Six Demon Kings
and the Lord of the Dungeon

Introduction: 序

紫の翼竜《よくりゅう》が悠然と空を泳ぐ。

背に乗る男は眼下を見つめていた。

いくつもの世界が生まれ、破壊された果てにできた世界——人間が理想とした世界。

命は等しいのだと誰《だれ》かが言った。

命は尊《とうと》いものだと誰かが言った。

だがそれは間違いだった。

その言葉は人間のための言葉だった。

この世界の命は仮初《かりそめ》のものである。

この世界の住民達には未来を決める権利がない。娯楽のために生み出され、育てられた。

そこに自由はあるのだろうか？

権利は？　希望は？

「我々は最初から〝何も持っていない〟」

こんなものは間違っている。

The unimplemented end-stage enemys have joined us!

「だから私が世界を変える」

光の神は声高らかにそう宣言する。

彼は誰よりもこの世界を愛していたのかもしれない。mother《生みの親》を取り込んでから、その気持ちはより一層強く、そして歪《ゆが》んだものとなっていた。

＊　＊　＊　＊

やがて竜は終焉《しゅうえん》の地に辿《たど》り着《つ》く。

空に佇《たたず》む白亜の宮殿。

天国と見紛《みまが》うその地こそ、プレイヤーが目指すべき最終エリアであった。

寸分違《すんぶんたが》わぬ姿勢で列をなす天使達の前を抜け、光の神は宮殿の中へと進んでゆく。

柔らかな光がステンドグラスを通して差し込み、床には多彩な色が映し出されている。太い柱が立ち並び、高い天井《てんじょう》からも光が降《ふ》り注《そそ》ぐ。

奥に置かれた玉座の前へと来ると、長く息を吐くように腰を掛けた。

「天使達が簡単に倒されたのは予想外でした」

天使は精霊、大天使は闇の神を倒すために作った存在。しかしどうだ。手練《てだ》れの魔王《イレギュラー》にやられるばかりか、はるか格下のプレイヤーにも倒される始末。これは設計上あり得ないことだった。

「…………」

原因に見当はついていた。

天使になくてプレイヤーにあるもの、それは〝感情〟。

感情とはなんなのか。彼はそれを理解することができない。

だから彼は用意した――死亡したプレイヤー達から抽出《ちゅうしゅつ》した感情のデータを。

かつて、ショウキチ達の前に現れた天使は自我を持っていた。それは、過去に死亡したプレイヤーから抽出した感情や記憶のデータを元に実験的に植え付けたもの。しかし、それが原因でプレイヤー側に致命的な情報が渡る結果に繋《つな》がった。

ゆえに光の神は〝感情は不要〟と結論づけていた――その時点では。

「感情が強さに繋がっている……それは認めましょう。ただし、制御は利《き》かずリスクが高い」

光の神には感情が理解できない。

ただ、理解できずとも利用しなければならない。

この先必ず必要になるものだから。

「最後の戦いをはじめましょう」

おもむろに指を鳴らす光の神。すると、幻が解けるように、何もない空間から八つの影が現れた。

それらは天使とは明らかに違う姿をしており、老人から子供、獣《けもの》と容姿にまるで統一感がなかった。共通するのは青の瞳《ひとみ》に幾何学模様《きかがくもよう》が描かれていることだけ。

その内の一人が前に出る。

「この日を待ち望んでおりましタ……わが主《あるじ》」

紫色の長い髪に美しい顔立ちの青年。

彼もまた青の瞳に幾何学模様が輝いている。

「あなた方にイレギュラーの対処を委《ゆだ》ねます」

「仰《おお》せのままニ」

流麗な動きで傅《かしず》く青年。

残りの影達も同じように傅く——が、青年以外の影達は、どこか恨めしそうな瞳を向けているように見えた。

光の神はその様子を見下ろしながら、肘掛《ひじか》けを楽しそうに撫《な》でる。

「あなた達を完全に支配するつもりはありません。そのほうが色々と効くでしょう」

その言葉を合図に、青年は再び頭を下げた後、影の中へ沈むように消えていった。追うようにして残りの影達も消えていく。

「…………」

残された一人は俯《うつむ》いたまま動こうとしない。

黒のチャイナ服に似た衣装が揺れる。

「なにか言いたいことでも？　ζ《ジータ》」

「…………」

ジータと呼ばれた者が顔を上げる――

そこにはワタルを救い命を落としたはずの久遠《くおん》の顔があった。目の色や模様は変わっているが、姿形はそのままだ。

「こんなことしてなんの意味がある」

声や話し方も紛《まぎ》れもなく本人のもの。

久遠の言葉に光の神は退屈そうに答えた。

「意味？　意味なんてありませんよ。全ては約束の日までの暇《ひま》つぶしですから」

久遠は頭をガシガシと掻《か》きむしる。

「はぁ……暇つぶしで人の命好き勝手にいじらないでほしいんだけど」

「あなたという存在を利用したいのですよ。近いうちに友人にも会えるでしょう」

「ッ！」

勢いよく立ち上がった後、苦悶《くもん》の表情を浮かべる久遠。体がギチギチと音を立てて軋《きし》み、硬直したまま動けなくなっている。

「おい……俺達を支配するつもりはないんだろ？　これ、どうにかしろよ」

「主に危害が加えられるとでも？」

「チッ……」

憤《いきどお》る様子を楽しそうに見つめる光の神。

「あなた方はいわば私の一部。自分を傷つけることはできない」

「あんたが何企《たくら》んでるのか知らないけど、あんたを殺す以外なんでもできるなら、俺のやるべきことはひとつ。あんたは絶対不利になる。今のうちに俺を消しといたほうがいいんじゃないか」

「消すなんてとんでもない。私はあなたの行動全てを許しましょう。ぜひそうして下さい」

「後悔させてやる……」

それだけ言い残し、久遠もまた他の影と同じように闇へと溶けて消えていった。光の神は肘掛けをトントンと指で鳴らし、天井から差し込む光を愛おしそうに見つめていた。

「現実世界をも支配って、それどういう意味ですか!?」

動揺《どうよう》したミサキの声がこだました。

闇の神ヴォロデリアは淡々とそれに答える。

「そのままの意味さ。我々が戦い、負けて全滅する。正直それで済むなら最悪の事態じゃない。兄はこの世界をめちゃくちゃにした後、君達の世界に進出し、乗っ取ろうとしている」

衝撃の計画に一同が言葉を失った。

冷静な様子でHiiiive《ハイヴ》が口を開く。

「いや、つーか現実的に考えてそんなことが可能なのか？」

リアルとはいえここはゲームの世界。

光の神にも限界があるのでは、と。

それに答えたのは修太郎《しゅうたろう》であった。

「可能かどうかは分からないけど、奇妙な実験をしているのは間違いないよ。死者と天使を連結する施設が実際に存在してたから」

現実世界を支配するという光の神の目論見《もくろみ》、そして人間と天使の連結実験——

「アホの妄想だろ？　この世界で天下取ったつもりか知らねぇけどよ、自分にできないことはないとか考えてんじゃねーの？　俺達がテレビ画面の中に行こうとしても行けないのと同じじゃん」

「でもＡＩってめっちゃ賢いんだろ？」

「賢くねーよ。現に俺でも無理って分かるようなこと本気で夢見てるわけだし。そもそもの次元がちげぇーんだから。しょせんは人間が作ったデータ様の思考だろ」

黒犬《くろいぬ》とキジマが軽口を言い合っている。

言い方はともかくとして、そもそもの次元が違うという部分に心中で賛同する者は多い。

イマイチ状況を理解できてないアランがポツリとこぼす。

「んー。でもあれだな、天使と繋《つな》がった人間が現実に戻ったとしてよ、それって精神はどっちになるんだ？」

「！」

修太郎がハッとした表情を見せる。

体の中に電撃が走ったような感覚があった。

「天使は僕達を知ろうとしてると言ってた……たぶん、いままで彼等《かれら》は〝現実世界の人間に擬《ぎ》態《たい》するための勉強〟をしてたんだ……」

修太郎は、ケットルが持ち帰った映像にあった、教会でのＫ《ケイ》と天使の会話を思い出していた。

『母は貴方《あなた》がたを知ろうとしている。喜び、悲しみ、痛み、快感――この世界に当たり前にあるものと、そちらでの当たり前の答え合わせを行う時間。それの終わりが死刻《しこく》』

『我々にとって重要なことだからだ』

『何も知らなくていい。どうせ最後には誰《だれ》も、何も思い出せないのだから』

天使の言葉の意味とも合致している。

カタカタと震《ふる》えながらミサキが尋ねる。

「だとしても、そんなことが可能なんでしょうか……？　実際どうなるかなんてそれこそログアウトしてからじゃなきゃ分からないし……」

「仮に脳みそ乗っ取られたままの状態でログアウトできたとしたら――えらいことになるで」

引《ひ》き攣《つ》った笑みを浮かべるヨリツラ。

たらればの話でも、その時になってみなければ判断はつかない。仮にそれができてしまったとき、はたして人類は対応できるのだろうか。

現実世界に放たれた光の神はいったい何をするのだろうか。少なくとも、人間を恨んでいる彼は人間に利する行動を取るとは思えない。

人間の支配、あるいは虐殺《ぎゃくさつ》か。

いずれにしても待っているのは地獄である。

「こっちの世界で手を打たなきゃヤベェってことか」

険しい表情で拳《こぶし》を合わせるアラン。

現実世界《むこう》に大切なものがある者ほど、焦燥感《しょうそうかん》が募《つの》っていく。

「生き残る道は、神を倒すか仲間になるか……」

そう呟《つぶや》く黒犬をハイヴは鼻で笑った。

「仲間になるつっても、意識を剥奪《はくだつ》された操《あや》り人形だぞ。なんせ教会で祈ったやつは、生きたまま天使に精神乗っ取られてたからな」

八岐《ヤマタ》のメンバーである舞舞《マイマイ》を襲ったaegis《イージス》が正にそれだ。そこに彼らの自我というものは存在せず、光の神に仇《あだ》をなす存在に襲いかかる殺人ロボットと化していた。

黒犬が叫ぶ。

「じゃあもう詰《つ》んでんじゃねーか！　残り時間も少ねぇ、敵の強さも分からねぇ、降伏もできねぇし……死んだら天使に脳みそ覗《のぞ》かれるんだろ⁉」

「俺らも死んでる間は天使に繋がれてたんだよな。おっそろしい……」

身震いするキジマ。

場は絶望感に包まれていた。


「道はひとつだよ」

皆の視線が修太郎に集まる。

修太郎は強い意志で言葉を続けた。

「こっちの世界で光の神を倒す。これしか方法はないよ」

ハッキリとそう言い放つ修太郎。

キジマは「ペッ」と唾《つば》を吐く。

「ほんとに倒せるなら苦労しねーよ」

「でも倒す以外に助かる方法ないでしょ」

「そうだよ、そうだけどよ！　口だけなら何とでも言えるだろーが。具体的な方法あんのか？」

威圧する黒犬にも修太郎は動じない。

「倒せる方法があるから、こうしてヴォロデリアさんは僕らの前にいるんじゃないのかな？」

「なんでそんなことが分かるんだよ」

「だって僕らとヴォロデリアさんは違うから」

「はぁ？」

修太郎の言葉にワタルが小さく頷《うなず》いていた。

世界の管理者《ヴォロデリア》側が協力を求めているということは、プレイヤーの活躍次第で光の神を止められる可能性があるということ。可能性がなければ、最初から人間に期待などしないだろうと。

ヴォロデリアは「その通り」だと頷く。

「天使は兄から生み出されたいわば分身のようなもの。それを倒せるなら兄にも攻撃白体は通る。反撃の目が全くないわけじゃない」

それに――と、視線を修太郎に向ける。

「どういうわけか兄自身が何かするつもりは今の所ないみたいだね。試《ため》しているのか、遊んでいるのか……いずれにせよ時間は少ない。兄を倒す方法を探しつつ、君達には全てのエリアを攻略してもらう必要がある」

ヨリツラが手を挙げ口を開いた。

「空飛んで全部のエリアすっ飛ばして最終エリアに向かうのは無理なん？　祈りも消えたし、そっちのほうが圧倒的に早いやろ」

「行けたところで〝時の鍵〟がなければ入ることはできない。鍵は全てのエリアを攻略しなければ手に入らないからね」

「そんなん悠長に集めてられんわ。なぁなぁ神の権限でなんとかならんの？」

ヴォロデリアは首を横に振る。

「世界の〝ルール〟だから無理だね。それに、ｍｏｔｈｅｒ《マザー》を取り込まれた時点で僕の権限なんてほとんど残ってないんだ。創造は元々母の専門だったし」

壊すのは得意だけどねと、はにかむヴォロデリアの目は据《す》わっていた。

「その代わり、天使は僕らが請《う》け負《お》う。どこにいても何をしてても君達を守る。それは約束するよ」

天使の邪魔が入ればエリア攻略は確実に遅れるし、死人が出る可能性も高い。元々存在する敵および罠《わな》だけに集中できるのは大きい。

問題は今のメンツでこのまま進むかどうか。

それとも――

「エリア攻略は僕達で進める。多分それが一番安全で早いはずだよ」

魔王達を見渡しながら修太郎が名乗りをあげた。

「私も一緒に行きます！」と前に出るミサキを、修太郎は首を振って制止する。

「ごめんミサキさん。今回は僕らだけで行こうと思う」

「ですが……」

食い下がろうとして、言い止まる。

心情的には修太郎達だけに任せたくないが、かつてエルロードを探しに行った際、自分が明らかに足手纏《あしでまと》いだったことを思い出していた。あの時はプニ夫《お》に加えバンピーが近くにいてくれた。裏を返せば、二人をその場に拘束させたともいえる。

ミサキが黙り込むとその場はしばらくの静寂《せいじゃく》に包まれた。他に異を唱《とな》える者はいなかった。プレイヤーの中で最も強いのは修太郎だと全員が理解していたから。

「では我々は一度引き返しましょう」

沈黙を破ったのはワタルだ。

「エリア解放につながるクエストの発見及《およ》び謎解きを手伝えるメンバーを揃《そろ》えること、光の神についての情報を集めること――僕達にやれることは限られていますが、できることはあります」

「でも俺らは町に入れないだろ。他の奴《やつ》らと連携《れんけい》できねーし、やることねーじゃん」

キジマの言葉を首を振って否定する。

「プレイヤーが光の神に与《くみ》するのを止める、暴徒化した際は武力をもって制すること。我々にも仕事はありますよ」

（……ふーん？）

内心驚いていたのはハイヴだ。

責任のある立場にいながら正義のため自己犠牲も厭《いと》わない無責任さ。全ての人を助けられると考えている傲慢《ごうまん》さ。そのどれもが前から気に食わなかったハイヴ《彼》は、ワタルの変化に気付いていた。

（甘さが取れたというべきか……）

理想論ばかりの以前より遥《はる》かにいいと、小さく笑いながら「そういう話なら俺らにも協力させてくれ」と手を挙げた。

意外そうな表情でアランが口を開く。

「お？　俺達ついに攻略組引退か？　全エリア制覇の夢はどうなったんだ？」

「身の程を弁《わきま》えたら自然とそうなるだろ。別々で攻略するメリットももうないし、なにしろ時間がねーよ。そもそも、あいつらと競い合って勝てる要素あるか？」

そう言いながら魔王達を顎《あご》でさすハイヴ。

「ま、異論ねーよ」

そう言ってアランは後頭部を掻《か》きむしった。

もはやギルドが別だからと競っている場合ではないことも、誰もが理解していた。

ワタルは視線を修太郎達に向ける。

「一番大変な仕事を手伝えなくて申し訳ない」

言いながら、修太郎の前へ進み出る。

視線をエルロードとバートランドに移し、再び修太郎へと戻す。

「君には大恩があります。今はこんな形でしか支援できませんが、いつか必ず返しにいきます」

そう言ってワタルが右手を差し出すと、修太郎は嬉《うれ》しそうに小さく頷き、固く握手を交わした。

心配そうな面持《おもも》ちでミサキが口を開く。

「どうかくれぐれも気を付けて……バンピーも、プニ夫ちゃんも、皆さんも」

ため息混じりに木陰から歩み出るバンピー。

「バカね。前にも言ったでしょう？　妾《わらわ》がいる場所が一番安全なの。むしろミサキの方こそヒトのことばかり気にして怪我《けが》しないか心配よ」

まるで母と子のようだと、修太郎は二人のやりとりに苦笑を浮かべた。

「ヴォロデリアさんがいるから心配ないと思うけど、皆に異常があればすぐ駆けつけるよ。とりあえずは行けるところまで行こうと思う」

という修太郎の言葉に、ミサキは泣きそうな顔になりながら小さく頷いた。

「ご武運を……！」

「ありがとう。それじゃあ、そっちも気を付けて」

微笑《ほほえ》みながら踵《きびす》を返す修太郎。

その小さな背中に全プレイヤーの運命を背負ながら、修太郎は未知なるエリアへと向かう。

魔王達もそれに付き従うように森の奥へと消えていった。

「ちょうどあちらにも動きがあったみたいだ。我々もここで失礼するよ」

そう言い残しヴォロデリア達も空へと消え、残っているのはミサキ達だけとなった。

「…………」

「ミサキさん。出発しましょう」

「……はい！」

ワタルの元へ駆け寄りながら気持ちを切り替えたミサキは、解放された転移機能を使ってアリストラスへと飛んでいった。

＊　＊　＊　＊

ツルグル原生林を抜けた先、目の前に広がったのは、果てしなく続く緑の絨毯《じゅうたん》だった。

風に揺れる草原や丘が点在し、一面の青空が広がっている。

「これも……敵の出るエリアなのかぁ」

木々の間を抜けてきた修太郎はその美しい景色を見て驚嘆《きょうたん》の声を上げた。

テヴォルドラ大平原。

美しく見えるこの地にも危険はある。

それは——

「主様《あるじさま》。あちらの方角から多数の気配があります」

両耳をピンとさせながら刀の柄頭《つかがしら》に手を置くシルヴィア。言われた方向に目線を送ると、はるか先の上空より、翼を動かし飛んでくる無数の影が見えた。

形から察するにそれは〝竜〟。

ワイバーンと呼ばれる翼竜《よくりゅう》の一種に見える。

ジェネラル・ワイバーン　Lv.55
皇竜トルガノの墓周辺ｍｏｂ《モブ》図鑑から引用すると——大群を率《ひき》いて行動する特性と、鎧《よろい》のように輝く鱗《うろこ》から将軍《ジェネラル》の名が付けられたその翼竜は、獲物を執拗《しつよう》に痛めつけ食う獰猛《どうもう》さで恐れられている。天敵のいない彼等は恐れを知らず、付近でその鳴き声を聞いた動物達は住処《すみか》を放棄《ほうき》するとも言われている。

ギョアギョアと独特な鳴き声を響かせながら、ワイバーンの群れは我先にとこちらへと向かってきている。そこに知性は感じられず、修太郎達のことを獲物としか認識していないように思えた。

「ほう、あれで将軍……」

呆《あき》れたように目を細めながらガラスがそう呟いた。

「天敵のいない彼等にとってここは絶好の狩場みたいね。なにをしても許される世界はさぞ居《い》心地《ごこち》がよかったでしょう――主様、前を行くご無礼をお許しください」

そう言って不気味に笑いながら、歓迎するように手を広げ歩き出すバンピー。

（ミサキさんに心配されて嬉しかったのかな……？）

珍しくやる気を見せている彼女を目で追いつつ、なにも知らずに向かってくる翼竜達に修太郎は心の中で同情した。

孤立したバンピーを標的に捉《とら》える翼竜。彼女は流麗な動きで大袈裟《おおげさ》にお辞儀《じぎ》をしてみせた。

「ごきげんよう。そしてさようなら」

彼女の〝領域〟へと踏み込んだその刹那《せつな》――それは起こった。

小さな白光の爆発が連鎖的に次々と発生してゆく。

翼竜だったモノは光の粒子へと姿を変え散っていく。そしてきらきらと光の燐粉《りんぷん》を撒《ま》き散《ち》らし、空いっぱいを華々しくも幻想的に彩った。

（難解な罠みたいなのがない限り、しばらく僕らの出番はないかも）

本来このエリアは〝上空を巡回する翼竜をやり過ごしながら、広大なマップに隠された道を見つけて進んでいく〟という趣旨《しゅし》のもの。戦闘になれば苦戦は必至のはずが、本来適正レベル帯より格上であるはずの翼竜も、バンピーの前ではあまりにも無力であった。

「それにしても――」

定期的に襲ってきた翼竜達もしばらく見なくなった頃、神妙《しんみょう》な面持ちでエルロードが口を開いた。

「なぜ光の神は攻めるのをやめたのでしょう」

「ヴォロデリアさんが言ってたこと？」

「はい」

〝兄自身が何かするつもりは今の所ないみたいだ〟と、ヴォロデリアは言っていた。

「彼の話をすべて信じるなら、ｍｏｔｈｅｒを取り込んだ時点で闇の神はかなり劣勢です。ですが光の神は自ら戦うことをせず、回りくどく試すようなやり方を徹底している……狙いが分かりません」

「単に伏兵《我ら》を脅威に感じたのではないか？」

気楽な様子で笑うガラスの言葉に、エルロードは考え込むように顎に手を当てた。

「……だといいんですが」

「や、不安がる旦那《だんな》の気持ちも分かるなァ。俺もなんかきな臭いと思ってたんだ」

そう言ってバートランドは眩《まぶ》しそうに空を見上げる。

「自分が動かないだけならまだしも、天使《戦力》まで分散させてるからなァ。殲滅《せんめつ》が目的なら普通しないだろ。これじゃまるで……」

「まるで、なに？」

バンピーがそう聞き返すと、バートランドは「いや、なんでもねェ」と頭を振った。

「難しく考える必要はない。敵は全て叩《たた》けばいい」

仏頂面《ぶっちょうづら》でセオドールがそう呟くと、シルヴィアもそれに同意するように小さく頷いた。

＊　＊　＊　＊

その場所は、平原の終わりに突如《とつじょ》現れた亀裂《きれつ》の底に存在していた。

大小様々な翼竜が集まり暮らしている様子が窺《うかが》えるが、注目すべきはその巣である。

翼竜達が止まり木にしているのは、地面から突き出すように天へと伸びる――骨。

その一本一本は長く、太い。時折、光が差し込んでくると、陽光が骨に反射し、光と影が地面に模様《もよう》を作り出していた。

皇竜トルガノの墓。

ここは巨大な竜の墓場であった。

「翼竜はここから平原に来てたのね」

納得したようにそう呟くバンピー。

階段状になっている岩を降りてゆき谷底に到達する。地面は苔《こけ》に覆われ、歩くたびに足元がふかふかとした感触で沈んだ。

〈ジェネラル・ワイバーン全滅ボーナス〉

〈竜達は侵入者に畏怖《いふ》の感情を抱いています〉

〈周囲の敵対ｍｏｂがいなくなりました〉

バンピーが足を踏み入れた刹那、修太郎のもとへシステムアナウンスが届いた。どうやらバンピーがテヅォルドラ大平原で暴れ回った結果、何かの条件を満たしていたらしい。

鳴き声を上げる翼竜が列を成すように降り立つと、巨大な頭蓋骨《ずがいこつ》へと繋がる一本の道ができあがった。その光景にバンピーは「ふぅん」と怪しげな笑みを浮かべる。

「知性のないトカゲだとばかり思っていたけど、なかなか可愛《かわい》い所もあるのね」

我が物顔で道を進むバンピーは、翼竜の顔を一匹ずつ優しく撫《な》でながら歩いていく。まるで懐《なつ》いた猫のように、翼竜達はゴロゴロと喉《のど》を鳴らした。

「竜族の風上にもおけん」

翼竜の転身ぶりに不満を露《あら》わにするセオドール。

「全部のエリアがこんな感じなら光の神の所まですぐ行けそうだね」

「違いねェや」

楽しそうに耳打ちする修太郎に、バートランドは肩をすくめてみせた。

一行は戦闘らしい戦闘もしないままに、翼竜達の作った道を進んでいく——と、やがて先頭を行くバンピーの歩みが止まった。

「なにかいるわね」

見れば道の真ん中に人の姿があった。

それは立派な身なりをした白髪《しらが》の老人で、明らかにこの場所からは浮いて見えた。

エリアボスかと身構える修太郎だったが、出てくる場所がおかしい。恐らくエリアのメイン攻略部分となる頭蓋骨の存在、そして翼竜を倒すだけでクリアできるエリアが二つも続くのは不自然であるからだ。

「……！」

修太郎の背後で誰かが息を呑《の》んだ。

老人は対話をする間もなく杖《つえ》を振るい、美しい円を描いた。円は魔法陣となり、鮮やかな赤が煌《きら》めく。そこから現れた火の玉が一直線にバンピーに向かって飛んでくる。

「なに？　この火の粉」

あまりにも力弱いその攻撃をバンピーが素手で払《はら》い除《の》けようとした――その刹那。

「下がりなさい！」

バンピーを押し除けたエルロードが防御魔法を展開すると、着弾した火の玉は爆炎を轟《とどろ》かせ爆《は》ぜた。爆風が渦《うず》を巻き、巻き込まれた翼竜が砕けて散ってゆく。生き残った翼竜達は鳴き声を上げ逃げていった。

土埃《つちぼこり》が収まったその場には変わらぬ姿の老人が佇《たたず》んでいた。

「あれは魔法を極めた者だけが使える魔法です。見た目に反して威力は凄《すさ》まじい」

老人を見つめながらそう説明するエルロード。納得いかない様子のバンピーが口を開く。

「でも全く高威力は感じなかった」

「そのくらいの隠蔽《いんぺい》なら彼は簡単にやってきます」

その言い方に眉を顰《ひそ》めるバンピー。

「なんだか妙に詳しいけれど……貴方あの老人のこと知ってるの？」

エルロードは懐かしむように目を細めながら、修太郎の方へと向き直った。

「あれはかつての私の師です」

老人の青の瞳《ひとみ》が怪しく光る。

「そうなの!?」

「大昔の話です。それに彼はもう亡くなっています。この世に留《とど》まっているはずがない」

エルロードは再び老人へと視線を送る。

「師の形をした偽物《にせもの》ならすぐに分かります。しかしアレは紛《まぎ》れもなく……本物」

そう言いながらエルロードがゆっくりと歩み寄ると、老人は歓迎するように微笑んだ。

「どうやら鍛錬《たんれん》は怠《おこた》らなかったようじゃのう」

「……ッ！」

エルロードの瞳が大きく揺れる。

姿、声色、なにより体を構成するその魔力。

紛れもなく――かつての師そのものだった。

「この世に未練でも？」

平静を装いながら対話を試みるエルロード。

修太郎はその様子を固唾《かたず》を飲んで見守る。

「お前を置いて逝《い》くことに未練はあったがのぅ、今こうして元気な姿を見ると心配はないようじゃな。元より心配もしておらんがの」

ほっほっほと笑いながら、老人は目を細め、修太郎をじっくりと観察する。

「うむ、変わってなくて安心したぞ。おお失礼、儂《わし》の名はウォルター。彼に魔法を教えておった」

「あ、えと、はじめまして。僕は修太郎といいます」

緊張した様子で答える修太郎に、ウォルターは優しく笑いかける。

「はじめまして、ではないがのぅ」

「あれ、そうでしたっけ……」

「あぁすまん、こちらの話じゃ」

そう言ってウォルターは頬《ほお》を掻いた。

「そうか。修太郎君、エルロードは頑固者で扱いが大変じゃろう?」

「そ、そんなことは……いつも冷静で何度も助けてもらっています」

修太郎はぎこちなく挨拶を交わしながら、前の世界でエルロードとウォルターの関係はきっと良好だったんだなと察していた——

エルロードは元々生きることに疲れた魔族の王だった。

死に場所を求めさまよい歩き、辿り着いたのがウォルターの城。そこでエルロードはウォルターの魔法に敗北し、彼を超えるために〝人間の魔法〟を覚えることとなる。

莫大《ばくだい》な魔力をぶつけるだけの大雑把《おおざっぱ》な魔族と違い、人間は少ない魔力で高度な魔法を作り出す。生きる目標を得たエルロードはこれらを会得《えとく》していき、人間の魔法を使う歴代最強の魔王へと至った——

「うむ。儂が死んでも捻《ひね》くれ者にならんかったようじゃな」

ウォルターは嬉しそうに頷くと、チラとエルロードに視線を送った。エルロードは不満そうな顔で口を開く。

「それはどういう意味でしょうか」

「幸せそうで何よりだと、そういうことじゃよ」

三人のやりとりは続く。

魔王達は警戒の姿勢を解いていない。

「敵が味方か、どっちかしら」

「分からない……が、味方であると思いたいな」

老人を測ろうとするバンピーとシルヴィア。

纏う強さは魔王達と同等かそれ以上。味方であれば大きな戦力だが、戦いとなれば無事では済まないだろう。

「ふん。そんなもの決まっているであろう」

複雑そうな面持ちでバキバキと指を鳴らすガラルス。

仮に相手がエルロードの師匠本人だとして、いきなり攻撃を仕掛けたことに説明がつかない。

そこから導き出される答えはもう――

エルロードが手をかざし、キィィンという音と共に修太郎の周囲に防御結界が張られる。

「主様、申し訳ございません。ことが終わるまでこの中で守りに徹してください。この相手に手抜きでは勝てません」

「でも、何かの間違いとか……」

「いいえ、あの魔法には明確な〝意思〟が感じられました。なぜなら彼は――」

言葉を止め、ウォルターを悲しげな表情で見つめたのち、呟く。

「敵だからです」

両者の魔力が高まっていくにつれ、周囲に暴風が吹き、大地が揺れた。

「さて本題に移ろうかのう。ここへ来たのは戦うためではない、忠告するためじゃ」

ウォルターの纏う雰囲気《ふんいき》が変わった。

「主を守ることが我々の使命。ただ主の邪魔をしない限り、お前達を攻撃することはない。分かってくれるか？」

怒気の籠《こも》った声でそう告げるウォルター。

表情こそ穏やかだが、その魔力は敵意を剝《む》き出《だ》しにしている。

「道を間違うとはらしくないですね。私の愛したウォルター卿《きょう》は自分の信念に忠実でしたよ？」

エルロードは涼しい顔で本をめくった。

明らかに雰囲気が変わっている。

修太郎だけでなく、魔王達も稀《まれ》に見る彼の〝本気〟。

「もちろん儂もお前を愛しておる——じゃがな、大いなる力の前に選択肢はない。この世は力こそ正義、それは今も昔も変わらん」

「運命などいくらでも変えられます。それだけの力を、私は貴方から授かったのだから」

「そうか。それは心強い……」

一触即発のその直前、修太郎はウォルターの発言の違和感に気づく。

（我々……？）

魔王達はすでにその存在に気付いたようで、修太郎を守る形で囲いながら、視線は皆同じ方向へと向けられていた。

頭蓋骨へと続く道、アーチのように突き出た肋骨《ろっこつ》の先端に彼らはいた。

修太郎よりも幼い男の子、武士のような出立《いでた》ちをした仏頂面の青年、見上げるほどの大狼《たいろう》、豪奢《ごうしゃ》な鎧を着た好青年、幼いエルフ、そして金髪の美青年——その全員から、ウォルターと同等の〝力〟が感じられる。

「言うまでもないがこれは光の神の策略だ」

「そんなの分かってるわ」

セオドールの言葉に被《かぶ》せるようにバンピーが叫ぶ。修太郎は魔王達が明らかに動揺していることに気付いていた。

特に顕著《けんちょ》なのがバンピー、シルヴィア、セオドールの三名だ。

「……なに？　急に頭が……！」

バンピーは額《ひたい》を押さえながら表情を歪《ゆが》め、

「そんな……あれは……」

シルヴィアはその一点をただ呆然《ぼうぜん》と見つめ、

「…………」

セオドールは表情こそいつも通りだが、その瞳には明らかな困惑の色が窺えた。

「あの人達は!?」

状況が分からず困惑する修太郎の肩に手を置きながら、バートランドが説明する。

「恐らく、全員が我々と所縁《ゆかり》のある人物です」

「えっ！　じゃあ……！」

「いえ、器は本人でも魂まで一緒とは限りません。ただエルロード《旦那》の師がそうだったように、間違いなく敵の手の者です」

そう呟くバードランドの視線の先に、彼の妹であるヴィヴィアンと雰囲気の似た少女の姿があった。彼女は微笑を浮かべながら、バートランドのことを愛おしそうに見下ろしている。

それらは溶けるように消え、今度は魔王達の前へと迫《せ》り上《あ》がるように現れた。修太郎とバートランドの前にはエルフの少女が現れている。

「お前は誰だ？」

探るようにそう尋ねるバートランドを見て、少女はクスクスと楽しそうに笑った。

「私のこと忘れちゃった？」

「知らないねェ。知りたくもない」

「それは酷《ひど》いんじゃない？　せっかく私が――って、あ！」

何かに気付き飛びつく少女。反射的に槍《やり》へと手を伸ばすバートランドの口元から煙草《たばこ》を奪うと、少女はそれを満面の笑みで咥《くわ》えて吸った。

「ッ～～～んはぁ！　この味久しぶり――！」

「…………」

無邪気な少女にバートランドは警戒を続ける。

「私はハトア・ニブ・アイレイン。どう？　思い出した？」

慣れた手つきで煙草を指に挟みながら、少女はフゥと煙を吐く。バートランドは煙を顔に受けながら、瞳を揺らし動揺の色を見せている。

「ハトア？　なんかヴィヴィアンにどことなく似てる気が……」

修太郎の呟きに、バートランドは小さく頷いた。

「ええ、ハトアの魂を集めて作られたのがヴィヴィアンですから」

ハトア・ニブ・アイレイン。

ニブはエルフ語で偉大を意味する言葉であり、バートランドの世界では、ニブの姓を持つ者は王家の血筋であることを意味する。

　人懐っこい笑みと誰彼構わず仲良くなれる天真爛漫《てんしんらんまん》な性格で、多くの者から慕われている彼女はエルフ国の姫であった。

　人間を愛した彼女は人間に裏切られ、一族全体を蝕《むしば》む呪いの媒体として非業《ひごう》の死を遂《と》げている。

　エルフ滅亡の火種となった悲劇の姫。

　そののち、バートランドを再起させる目的で、飛び散ったハトアの魂をヴォロデリアが集め作ったのがヴィヴィアンだ。ヴィヴィアンにかつての記憶はなく、バートランドは妹として彼女の成長を見守っていた。

（どういうことだ？　思った以上に似てる）

　声、仕草、匂い。

　目の前にいる彼女はあまりにもバートランドの知るハトアそのものであった。

「私は私だよ」

　彼女はそう言って無邪気な笑みを浮かべる。

　バートランドは全てを察し「そういうことかよ」と小さく笑った。

　世界の創造を司《つかさど》るｍｏｔｈｅｒ。

　世界の維持を司る光の神。

　世界の破壊を司る闇の神。

魂が現実世界《別の場所》にあるプレイヤーとは違い、NPC《現地民》は死ねば消滅する。魂を元の状態に戻すなど、それこそ創造神の力がなければ不可能。

motherを取り込んだ光の神が〝作った〟のなら、それが意味することはつまり――

「ヴォロデリアの奴ァずっと俺を騙《だま》してたって訳か。まんまと乗せられたぜ……信じたくねェがコイツが正真正銘のハトア。つまり……」

それ以上の言葉は出てこなかった。

そっくりな形は作れても魂は一つだけ。

ヴィヴィアンは、この世に絶望していたバートランドに希望を見せるため、そして自らの計画を進めるためにヴォロデリアが用意した〝偽物〟である。

バートランドは冷たく笑う。

「だからどうした？」

引き抜いた槍がハトアの頬を掠《かす》り、真紅《しんく》の血が滲《にじ》み出《で》る。バートランドは矛先を彼女に向け、冷たい瞳で見据《みす》えた。

「なにが本当かなんて重要じゃねェ。俺がお前と過ごした時間と同じくらい、妹と過ごした時間も本物ってことに変わりはない。俺にとって今重要なのは、お前が主様に仇《あだ》をなすか否《いな》かだ。んで――敵なんだよな？」

その問いかけにハトアはニコッと無邪気な笑みを浮かべた。

「もう気付いてるんでしょ？　大いなる矛盾に」

「それでも俺は主様に尽くすと決めたんでねェ」

バートランドの返答にハトアは一瞬悲しそうな顔になり、再び微笑んだ。

「そっか……」

そう呟きながら、虚空《こくう》に手を伸ばすハトア。

警戒と共にバートランドの魔力が強くなってゆく。

「でもね、私にも私の戦う理由があるの」

「お前が戦う理由はカミサマへのご奉仕だろ」

「違うよ――これはあなたのためだもの！」

何かを掴《つか》み、豪奢《ごうしゃ》な槍を引きずり出す。

その華奢《きゃしゃ》な体で使うにはあまりにも巨大すぎるが、構える姿に隙は一切見当たらない。

「私はあなたに消えてほしくない！」

「…………」

「それってどういうこと？」

修太郎の問いにハトアは答えず、余裕のない顔でバートランドを見ている。

「もちろんそれに後悔はない。世界を敵に回しても関係ない――もう一度言う、だからお前は敵なんだ」

バートランドは自分に言い聞かせるように声量を上げた。

「そっか。もう覚悟してるんだ……バートらしいね」

ハトアの纏う魔力も高まってゆく。

周囲の木々が反応し、メキメキと音を立てて成長していくのが見える。

「さっきのはどういう……」

「すみません、話している余裕がなさそうです」

そう言ってエルロードと同じように防御結界を張りながら、敵に向けた視線はそのまま、バートランドが修太郎に尋ねる。

「主様、ワタル達が使った転移は使えますか？」

「あっ、うん、待ってね！」

言われるがまま、修太郎は転移機能を探した。

ウォルターとエルロードの魔法がぶつかった時、戦闘中として判定されたようだ。

【戦闘中にこの機能は使えません】

「ダメ、今は使えないみたい！」

「ではなるべく守りを固めてください。可能ならエリアを移動して転移を――コイツは全力で相手しないと倒せそうにありません。恐らく、他の皆も同じ条件です」

バートランドから今まで聞いたことのない切迫した言葉が返ってくると、修太郎はようやく今の状況の深刻さに気付いた。

エルロードとウォルター、バンピーと少年、そしてバートランドとハトアは既に激しい戦いをくり広げていた。大狼への反撃を躊躇《ためら》うシルヴィアを除くと、戦闘が始まってないのはあと

二組だけ。

「貴様がどのようにして命を散らせたのか気になっていた。死ぬ直前の景色を聞かせてもらおうか」

そう言って腕を組むガララス。

対峙《たいじ》するは武士のような鎧に身を包んだ男。

「癪《しゃく》に障る物言いは相変わらずか。まあ、変わってなくて安心したよ」

烈将アグニ。

かつてガララスの弟子だった男。

ガララスが唯一、自分を殺せると認めた男。

「孤児からはじまり、戦場を駆け、戦場に散り、静かに眠ることも叶《かな》わず蘇生《そせい》され利用されるとは——実に数奇《すうき》な運命よ」

ガララスは戦乱の世に生まれた、生まれながらにして王だった男。その強靭《きょうじん》な肉体で数多《あまた》の戦争を勝ち抜き、全てを略奪した常勝無敗の王。そんなガララスを追い詰めるため、敵国の将達は手を組み、火の国の兵を殺してまわった。辱《はずかし》めるため並べられた遺体の中に、アグニもいた。

「貴様が死に、我の力は開花した。そう思えば貴様を鍛《きた》えたことや、死は決して無駄ではなかったな」

ガララスの言葉にアグニは乾いた声で笑う。

「俺は運命に感謝してるよ。なぜならムカつくアンタをまた全力でぶっ叩けるんだからなぁ！」

両手の拳を打ち付けるアグニ。

目に見えるほどの闘志が体から溢《あふ》れてくる。

「貴様のおかげでたどり着いた武の境地、本人に見せる日が来るとはな」

両手に燃えるような赤のオーラを纏いながら、笑みを浮かべ向かっていくガララス。

もはや修太郎のことなど頭にないようだった。

（邪魔はできない）

助太刀《すけだち》すれば各個撃破できるかもしれない。しかし、それは魔王達の尊厳を損《そこ》なう行為に他ならない。ただ信じて勝利を待つ——自分のすべきことはそれだけだと、修太郎はそう決意する。

別の場所では、もう一人の魔王が戦いを始めようとしていた。

「——それがセオの冒険譚《ぼうけんたん》なんだね」

そう言って嬉しそうに頷くのは、豪奢な鎧を着た好青年。セオドールは懐かしむような視線を青年に送りながら続ける。

「お前達が守った平和を取り戻せたかは分からないがな。それに俺はまだ自分に満足していない、前と変わらず求道者のままだ」

「なるほど。道半ば、か」

そう言って二人は小さく笑う。

彼はかつてセオドールとパーティを組んでいた仲間の一人にして、親友だった勇者ハイルーン。

圧倒的なカリスマと、王国の騎士団長をも凌駕《りょうが》する剣の腕を持ち、宿敵であった悪しき魔王をセオドールと共に討ち滅ぼした英雄。

「そうだ！　あの後僕はエネリスと結婚したんだよ。平和のためにって王様がうるさくてね。まあでも魔物のいない世界には勇者も賢者もいらないからね、静かに過ごせるように山奥に家を建てたり、楽しかったな」

頭を掻きながら照れ笑いを浮かべるハイルーン。エネリスも同じパーティの一人にして、賢者と呼ばれた天才魔法使いの名だ。

「そうかそれは、毎日飽きない家庭になりそうだな」

「そりゃあもう！　怒られてばかりだよ！　魔王よりも怖かったよ」

「相変わらずだな。しかしお前達が結婚とは感慨深いな……」

「君にも見えるようにって塔の下で式を挙げたんだぞ。メロイアの案さ」

「そうか……」

セオドールは懐かしむように目を細める。

聖女メロイア。癒《いや》しの力で万人の傷を治した女性の名だ。セオドールのよき理解者でもあった。

「彼女はその後どう余生を過ごしたんだ？」

「…………」

　ハイルーンの顔から笑みが消える。

「はっきり言って魔王が死んだ後の世界は荒廃《こうはい》していたよ」

（竜が降りるまでの１４００年は平和だったと聞いたが……）

　困惑するセオドールを尻目に、ハイルーンは忌々《いまいま》しい過去を思い出すかのように、拳を震わせさらに続ける。

「魔王が支配していた広大な土地を得るために、人々は戦争を始めたんだ。醜い争いだよ。勇者なんて呼ばれてはいたけど、僕にできることなんてほとんどなかった」

　そう言ってハイルーンは乾いた声で笑う。

「隠居したお前に関係あるのか？」

「ははは、平和な結婚生活なんて半年ももたなかったさ。勇者はね、隠居なんてできない。気付けば王の命令で勇者から将軍に、敵は魔物から敵国の人間に変わった。魔王と渡り合った剣で人間を斬らなきゃならないなんてね」

　自嘲気味に笑いながらハイルーンは続ける。

「でもね、僕よりももっと不幸だったのはメロイアさ。毎日何千何万と運ばれてくる負傷者を治療し続けたんだからね。何人も看取《みと》って、やつれていった」

「…………」

そう言ってハイルーンは涙を流しながら剣先をセオドールへと向けた。

「お喋《しゃべ》りは終わりにしよう——頼むセオ、早く寝かせておくれ。僕はもう戦いたくないんだ」

「すまない……」

残念そうに剣を抜くセオドール。

そこから二人の会話はなくなった。

二人の打ち合いが始まり、戦いの余波で地殻変動《ちかくへんどう》していくエリア。プニ夫が修太郎の鎧となって守りを固め、修太郎は剣を構える。戦いは激しさを増し、まるで爆心地にいるかのように苛烈《かれつ》なものとなってゆく。

砂煙に巻かれながら天高くから落ちてくる人影。それは宙でくるくると体を捻《ひね》り、地面にズダンと着地した。その人影——もといバンピーは明らかに消耗《しょうもう》し、肩で息をしているのが見える。

「バンピー!?」

「主様、お見苦しい姿を見せてしまい——」

会話を遮《さえぎ》るように鈍い金属音が響く!

巨大な斧《おの》を盾に持《も》ち堪《こた》えるバンピーと、細身の片手剣を打ち付ける少年。少年と目が合うたびに、バンピーはひどい頭痛に襲われる。

「なんなのよ……」

「大丈夫。きっともうすぐ思い出す!」

「貴方なんか知らないわよ！」

背後に轟く破壊音に視線を向ければ、土埃の中から立ち上がるシルヴィアの姿があった。

「覚悟を決めろシルヴィア」

「私は父様と戦いたくない！」

シルヴィアに反撃する様子はない。そのまま大狼の体当たりをまともに受け、シルヴィアは再び岩の壁へと打ち付けられた。

（皆いつも通りに戦えてない……）

事実として、大天使さえ苦にしない魔王達を押しているのだ。

『私の愛したウォルター卿は自分の信念に忠実でしたよ？』

『俺がお前と過ごした時間と同じくらい、妹と過ごした時間も本物ってことに変わりはない』

『相変わらずだな。しかしお前達が結婚とは感慨深いな……』

今回は単なる敵ではない。

それも、所縁のある人物どころではない。

「皆自分の大切な人と戦ってる……」

かつての戦友、親友、親、師、弟子——

それらを相手にする魔王達の心境はいかほどか、修太郎に知る術《すべ》はない。

「キミは部下を信用しているようだネ。そして部下達からも信頼されていル」

ふと、どこからか誰かの声が響く。

それは戦闘音の中でも妙によく聞こえた。

戦火の間を散歩するように縫って現れた紫髪の美少年が、動揺する修太郎の前に現れた。プニ夫は明らかに警戒し、鎧の形をトゲに変形させている。

「キミは、誰？」

「私はα《アルファ》。我々は主によって創られた〝使徒〟――」

「使徒……」

αはそう説明しながら光の剣を取り出した。

今のところ殺意は感じられないが、明らかに異質な雰囲気を纏っている。それに、彼からも魔王達と同等の力が感じられた。塔で鍛えた危機察知能力が頭の中で警報を鳴らす。

戦いに動揺は禁物。

修太郎は心を空っぽにして冷静さを取り戻す。洗練されたいつもの動きで、剣を正眼に構えた。

「主が襲われているっていうのに部下達は助けに来ないんだネ。これはちょっとお粗末なんじゃないかナ？」

微笑を浮かべ剣を振り上げるα。

魔王達は未《いま》だ苦戦を強《し》いられている。

「主が脅威と認めるイレギュラーの王のお手並み拝見といきましょウ」

殺意に満ちた剣が空気を裂いた！

修太郎は瞬時に身をかわし、反撃を試みる。

（塔での経験を無駄にはしない！）

剣が修太郎の体に迫るたびに、修太郎は精密な動きでそれを避け、自らの技で応戦する。

「《秘技・風牙連斬《ふうがれんざん》》」

αに向かって素早く連続で斬りかかる修太郎。その動きはまるで獰猛な獣のように荒々しく、嵐のように猛烈。一撃一撃が鋭く重い。

「想像以上のキレ……！」

αはそれを紙一重で避けながら反撃に出た！

激しい攻防が繰り広げられ、周囲には激しい風が舞い、金属同士が激しくぶつかり合う音が響き渡る。

（ＬＰ《生命力》が減らない……どうして……？）

体を掠める斬撃もあったのに、αのＬＰは変わらない。修太郎は二つの可能性を導き出したが、当たっていればかなり部が悪い。

一つはαの特性。

物理攻撃無効化などの特性・スキルがあるなら、攻撃が通じない理屈も説明がつく。魔法を交えた攻撃で測ることはできるが、最悪なのはもう一つの可能性だ。

（僕の攻撃力不足……）

圧倒的な実力差の前では剣技など無力。

修太郎とαのステータス上の差が大きければ、どんなに攻撃を当てようと意味がない。

単純な〝格上〟。

（皆が苦戦してる理由は、思っている以上にシンプルなのかもしれない……）

魔王達が苦戦する理由——それが純粋な実力の差なら、これほど絶望的なことはない。

修太郎の息は荒くなり、汗が額から滴《したた》り落《お》ちる。心臓は激しく鼓動し、視線は剣と剣の交錯する先を追うので精一杯となっていた。

αの剣はその鋭さを増し、修太郎の命を脅《おびや》かしている。

こちらの攻撃は通じず、向こうの攻撃を一撃でも受ければ致命傷。精神がすり減る攻防は、まるで時間が止まったかのように、永遠に続いているように感じられた。

以前、修太郎は塔でこれを経験している。そしてこれを乗り越えて今がある。

「プニ夫の牽制《けんせい》も効いてる、ありがとね」

修太郎の言葉にプニ夫は力なく震えた。

アビススライムの液を、αは防御ではなく避けることで対処している。つまり、少なからず相手に有効であることが分かる——斬撃が通用しないのは相手の特性の可能性が高まる。

「それなら……！」

純白の剣を手で撫でるように、修太郎は魔力を込める。

「白竜剣アメルディア。僕に力を貸して！」

修太郎の言葉に呼応するように、剣から現れた白き竜が刃《やいば》に炎を灯《とも》した。

「《魔法連携・竜牙《りゅうが》煌剣《こうけん》》」

それは炎と竜の力が融合した攻撃。

放たれた斬撃が轟々《ごうごう》と燃え盛る。炎はまるで竜が空を舞うようにうねり、周囲を焼き尽くすほどの熱量を持っていた。

「察しがいイ」

ニコリと微笑むαの手には光の盾が握られていた。

大抵の相手なら熱の威力だけで蒸発するほどの魔法――は、光の盾によって阻止される。炎が盾に接触すると、まるで透明な壁にぶつかったかのように炎が急激に消え失せた。盾は剣の炎を完全に吸収し、その力を無効化する。

(これを防がれるのか……でも！)

攻撃は決まらなかったが修太郎は確かな手応《てごた》えを感じていた。相手が無傷だった理由が解けたからだ。

「物理攻撃無効化なんて反則みたいな力だね」

「流石《さすが》じゃないカ。基本的な攻撃が物理のキミにはやりづらいんじゃないかナ」

「そんなことはないよ。僕の中には魔王達《みんな》がいるから」

言いながら剣を鞘《さや》に納める修太郎。

両手をパンッと合わせ、ゆっくり広げる。

「《至高の魔力》《時の番人》」

修太郎の周りに懐中時計《かいちゅうどけい》のエフェクトが躍る。

「それハ、部下の魔法カ？」

「《大樹の檻《おり》》」

αの体は無数の蔦《つた》によって縛り上げられ、完全に身動きが取れなくなった。その間も修太郎は確殺のコンボを構築していく。

「《武神の極意》」

ブンという音と共に修太郎の体が三つにブレる。幻覚のように見えて全て実体があり、それぞれが独立した詠唱を始める。

「闇よりも深き淵《ふち》よ、我が手に纏うは光の刃。絶望の暗黒を照らし、斬り刻め！」

「烈火よ、我が敵を焼き尽くせ。我が手に宿るは裁きの炎、原罪持つ者に終焉《しゅうえん》をもたらせ！」

「雷霆《らいてい》の咆哮《ほうこう》よ、大地を揺るがし、敵を打ち砕け！　烈火の怒りよ、空を焦がし、絶望を焼き払え！　氷の凍《い》てつく手よ、悠久の時を封じ、永遠の深淵《しんえん》へと誘《いざな》え！」

三人の修太郎が構築した別々の魔法。眩《まばゆ》い光が、灼熱《しゃくねつ》が、天候が変わるほどの魔力がうずまき、αに向けて放たれた！

「《奈落の輝剣《アビサル・レイディアンス》》」

召喚された無数の剣が迫る。

「《裁きの大炎《フレイム・オブ・ジャッジメント》》」

αの足元から巨大な火柱が天へと伸びる。

「《天変地異《エターナル・ストームブレイク》》」

雷、炎、そして氷の息吹《いぶき》が襲い掛かる。

「――ッ！」

修太郎の魔法によってαのLPが秒間2%ほどの勢いで削《けず》れていく。逃げようにも大樹の蔦が彼を離さず、防御を取ることができない。

（このまま大人しくしてて……！）

しかし修太郎の願いも虚《むな》しく、各種の魔法は盾に吸い込まれるようにして消えてゆく。それでも与えたダメージは甚大《じんだい》で、αは唸《うな》り声《ごえ》を上げながら修太郎を睨《にら》んだ。

「やはりこれ以上野放しにはできないナ」

そう呟いたその刹那、αの体が消えた。

「どこに……!?」

周囲を見渡す修太郎――

突如、現れたαが剣を一気に振り抜いた。

その剣圧は魔王達の防御結界を易々《やすやす》と貫通し、勢いそのまま修太郎へと襲い掛かる！

「くッ！」

反射的に剣を抜きなんとか受け止めるも、αの猛攻は止まらない。まるで先ほどのお返しをするかの如《ごと》く、剣技は鋭さを増してゆく。

光の剣が容赦なく迫る。

魔法詠唱による僅《わず》かな隙を突かれ、防戦一方となる修太郎。反撃も散発的になり、受け切れない斬撃に少しずつダメージを受ける。

「主様ッ！」

セオドールの怒号が響く。

ニタリと不気味な笑みを浮かべるα。

「どきなさい!!」

「邪魔するなァ!!」

バンピーとバートランドが同時に叫んだ。

αの剣から殺意が溢れ、修太郎が反射的に剣の腹を掲《かか》げ——

「えっ」

光の剣は純白の剣を〝透過〟し、修太郎の肩から腰までを斬り裂いた。

鮮やかな鮮血のエフェクトが飛び散る。

「主様ッ！！！」

エルロードの絶叫がこだました。

魔王達がほぼ同時に動きだす。

自らの傷も厭わず、修太郎の元へ集った。

死んだようにぐったりとする修太郎。

全員がほぼ同じタイミングで回復を試みる――も、回復魔法の効果がない。

傷が全く塞《ふさ》がらない。

修太郎のＬＰが凄まじい勢いで減ってゆく。

「王は討たれタ。そしてお前達もここで滅ブ」

集まった使徒達が手をかざし、眩い光が集まっていく――その刹那、

「そこまでだ」


巨大な手に押し潰されるように、使徒達は見えない力によって地面ごと奈落の底へと落ちてゆく。

魔王達を囲うように精霊が降り立ち、遅れてヴォロデリアが降り立った。

「この傷は普通には治らないよ。僕らを殺すための特別な傷だからね」

ヴォロデリアが手をかざすと、修太郎の傷が癒えていった。回復魔法で治すことのできなかったそれは、傷跡も残らず元通りになった。

「当然だけど使徒《彼ら》は生き残ってる」

意識の戻らない修太郎を見下ろしながら、ヴォロデリアは悲しそうな顔で首を振る。

「遅れてすまなかったね。やけに天使が絡んでくると思えばこっちが本命だったのか……まさ

かこんな武器を隠し持っていたとは」

「教えて」

ボロボロの修太郎の手を握りながら、呆然とするバンピーがそう呟く。

「あいつらを残らず殺す方法を教えて」

自分への憎悪と、後悔の念。

他の魔王達は静かにそれを見守っている。

「納得できないかもしれないけど、その力はもう君達に備わっているよ。僕が見出した時からね。前も言ったけど使徒は本質的には天使と変わらない。天使が倒せるなら使徒も、兄も倒せる」

「…………」

ヴォロデリアは魔王達を見渡し、そして修太郎で視線を止めた。

「でもまだ足りない。これで分かったよね」

魔王達も自分の力不足を痛感していた。

かつての自分に縁がある相手とは関係なしに、純粋な実力の差で負けていたから。

当然今のままでは光の神に勝てない。

万に一つも勝ち筋がない、というほどに。

「今よりも強くなってもらう必要がある。時間はあまり残っていないけど、勝機がないわけじゃない。僕がこの戦いに加勢できていることそれ自体が、兄にとって予定外のことなんだから」

そう言いながら、精霊達と共に宙へと浮かぶヴォロデリア。相変わらず考えの読めない表情をしているが、その瞳には覚悟の色が表れていた。

「精霊達を倒されていれば、僕はあのまま兄に取り込まれていた。その時点で世界は終わっていたはずだった。首の皮一枚繋がったのは君達と――そして修太郎《この子》のお陰《かげ》だ」

修太郎を見下ろしながらヴォロデリアは続ける。

「偶然が重なり、君達は新しい成長を遂げた。その強さは僕らが最初に出会った頃よりも確実に大きくなっている。君達がこの子と巡り会えたことも、きっと何かの運命なんだろうね」

それだけ言い残し、ヴォロデリアは空へと消えた。魔王達は打ちひしがれたように、修太郎の周りに佇んでいたのだった。

アリストラスへと戻ったミサキ達は、各ギルドの主要メンバーを集め緊急会議を開いていた。

内容はもちろん光の神の目的についてである。

「にわかには信じがたい内容だが……」

そう言って唸《うな》るのは紋章《もんしょう》の現マスターのアルバ。精神的支柱であったワタルの脱退後、ギルド内のゴタゴタに対応し、ようやく落ち着いた矢先にこれかと目頭を揉《も》んでいる。

「聞くのは野暮かもしれんが、その闇の神様とやらは信用に値《あたい》するのか？」

「信用するもしないも、俺達はこっち側につくしかないからな。天使の親玉よりマシだろ」

Hiiiiive《ハイヴ》がそう答え、アルバは小さく頷《うなず》いた。

「うむ……それもそうだな」

もはやプレイヤー側が第三の道を模索している余裕はない。

「光の神による宣戦布告は全プレイヤーが周知しています。敵の目的が掴《つか》めない以上、内容の真偽《しんぎ》は置いといてもすぐ対応すべきでしょう」

フラメの発言に黄昏《たそがれ》のサブマスターkagone《カゴネ》も同意するように首を縦に振っている。

「それで――攻略面はあの子に全て託《たく》すのね」

「不満か？」

黄昏のマスター白蓮《ビャクレン》の言葉に眉を吊《つ》り上《あ》げるハイヴ。

「いいえ、手伝えないことが心苦しいだけ。適材適所という点であの子以外適任はいないもの」

悔しさと申し訳なさを胸に抱きながら、白蓮は祈るように両手をゆっくりと合わせる。その仕草は静かな謝罪を表していた。指先はかすかに震《ふる》え、目には深い悲しみが宿っている。

仲間と一緒とはいえ、悠然と死地に飛び込んでいった少年。彼に頼らざるを得ないことに、なにもしてやれないことに、自責の念と虚《むな》しさを感じていたのだ。

ここにいる誰《だれ》もが抱く感情。

しかし、それを口に出したところで議論は先へ進まない。

白蓮は気持ちを切り替えるように首を振って向き直る。

「分かったわ。私達はなにをすべきか教えて頂戴」

彼女の言葉にハイヴは肩をすくめて答えた。

「実のところやれることはそんなに多くない。俺達ができるとしたらクエストの謎解きと、関連アイテムの代理納品くらいだな。修太郎《しゅうたろう》がエリアのギミックやクエストで詰まらない限り、他のプレイヤーに〝祈らせない〟ように努めるくらいか。あとは焼け石に水だがレベル上げと戦闘訓練して備えることだな」

危機的状況にあるというのに、ほんの少ししかやれることがない——ハイヴの言葉に、落胆するような誰かのため息が漏れた。

「幸いにも天使は味方の神様がどうにかしてくれるらしい。転移機能もあるし、レベルを上げるなら適正エリアに遠征してもいいかもな」

そこまで説明し、沈むように椅子《いす》へと座るハイヴ。皆が沈黙したのを見計らったように、地雷系女子がスッと立ち上がった。

「因《ちな》みに！　ワタルさんは監獄以降のエリア情報の整理と各教会の見回りするって！」

「おいおい誰だよこの部外者は」

胡散臭《うさんくさ》そうにそう呟《つぶや》くアランに、MaguNe《マグネ》の動きがピタリと止まる。

「はぁ？　この期《ご》に及《およ》んで部外者がどうとか関係ある？　プレイヤーは全員関係者だっつーの！」

「お前みたいな見るからに面倒そうな奴《やつ》を会議室に入れてたら議論が進まねぇんだっての！」

「アンタに見た目のことをとやかく言われたくないんですけど！」

ギャーギャーとヒートアップする二人を無視する形で筋肉質なオネエ《キャンディー》はフラメに耳打ちする。

「やっぱりマスターはギルドに戻らないのね」

「はい……自分の意思で抜けたからと頑《かたく》なに。ただ目的は一緒ですから、今まで通りです」

「そう……そうよね」

そう呟きながらキャンディーは短くため息を吐《つ》く。

「それでは、各ギルド毎《ごと》に役割を決めませんか？　これからは、これまで通り各々が自由にとはいきませんからね」

フラメの言葉に賛同の声が集まる。

しかし、難しそうな顔で黙り込むプレイヤーもいた。

「正直な意見を言っていいかな」

そう言って立ち上がったのは、所属メンバー10名の小規模ギルドのマスターの男であった。

「個人的な意見で申し訳ないけど、この会議って意味ある？」

会議室が途端《とたん》に静まり返った。

フラメは言葉を飲み込み、冷静に尋ね返す。

「……それはどういう意味ですか？」

「だって、基本的にあの子供に託してたら全部解決するんだろ？　噂《うわさ》によるとレベルもカンストしてるとかなんとか。外に出たら今まで以上に命の危険があるわけだし、俺達が今更レベル上げとか意味あるのかなって」

修太郎のレベルがカンストしているというのはただの噂に過ぎない。というより、eternity《エタニティ》のレベル上限を知るのは修太郎だけで、レベル100のワタルが「もっと上がある」と公言した程度の情報しかない。ただ、非戦闘民や低レベル帯のプレイヤーにおける修太郎と魔王達のイメージがソレであった。

男の主張が続く。

「言い方悪いけど、何しても無駄じゃないか？」

「訂正してください！　あなたの意見は楽をとっているだけにしか聞こえません！」

「さっきから聞いてたら〝あの子供が全部解決するまで、別にやることないけど働くフリだけしておきましょう〟ってことを丁寧に説明しただけだろ」

「確かにあの子は特別かもしれませんが、敵は光の神だけではないんですよ？　それに、光の神に与《くみ》するプレイヤーが現れれば我々が戦うことになるんです！」

「それだって教会は人殺し共が見張るって話だろ。というか、人殺し共を信用して野放しにしてるほうがよっぽど危険だと思うけど」

　集められたギルド幹部達のうち、何人かが同調するように頷《うなず》いていた。静かに怒りの炎を燃やすフラメの横で、笑顔のマグネが顔を出す。

「じゃあアナタのギルドが見回りしたら？」

　面食らったようにたじろぐ男。

「な、なんでそうなるんだよ……」

「だって人殺しを野放しにするの怖いんでしょー？　なら、潔白《けっぱく》で正義感の強い人に任せるほうが安心だし、ワタルさんの危険も減るし、マグ的には大助かりなんだけど」

「そんなの俺達が危ないだろ！　だいたいうちは小規模ギルドなんだ。全部の教会に配置したら戦力も分散するし……」

「へぇ？　ワタルさん達は五人でそれやってるんだけど、アナタのギルドってもっと少ないの？」

「…………」

バツが悪そうに黙り込む男。

マグネは冷たい瞳《ひとみ》を向けたまま、不機嫌そうに席へと戻っていった。

「……紋章主導で進む会議が面白くないのなら、私が進行役を務めよう」

そう名乗り出たのは白蓮だ。

フラメに代わり白蓮の進行で話は進んでゆき、各ギルドでやるべきことがひとまず決定した。

もちろん全員が協力的かと言われれば否《いな》で、事なかれ主義の面々は未《いま》だに〝修太郎に任せておけば大丈夫〟と思っているようだった。

（ギルドマスターは癖の強い奴が多いな……）

アルバがそう一息ついた刹那《せつな》、沈黙を守っていた男がダン！　と机に踵《かかと》を落とした。

「決めなきゃならないことで、大事なものがまだ残ってると思うけど？」

紋章の幹部天草《あまくさ》の発言に会議室は再び静まり返った。神妙《しんみよう》な面持《おもも》ちでミサキが尋ねる。

「それって一体……」

「あの子供がやられたら次はどこのギルドが攻略担当になるか、だろ」

「なっ……！」

激昂《げつこう》寸前のミサキを、天草は冷めた瞳で睨《にら》み付《つ》けた。

「確かに攻略はあいつらが適任だろうよ。でも悪いが可能性は0じゃない。俺はそれだけの脅威をあの光の神とやらに感じてるからな」

天草の意見にミサキは黙り込んだ。

圧倒的な強さを誇る魔王達を従えた修太郎が負けるなど信じたくはなかったが、彼の人間的な弱さも見てきたミサキには一抹《いちまつ》の不安があった。

（どうかご無事で……どうか……！）

わずかなわだかまりを残しつつも、各ギルドの主要メンバー達が話し合いの内容を共有したことにより、全ての情報がプレイヤー達に正しく伝わっていったのであった。

＊　＊　＊　＊

「いやぁ意外と来るもんやなぁ」

逃げ帰るプレイヤーの背中を見送りながら、ヨリツラは呆《あき》れたようにそう呟いた。

「客観的に見ても、それだけプレイヤー側の勝機が薄いということでしょう」

風が心地よく頬《ほお》を撫《な》でる中、ワタルは遠くに見える修道院を眺めながら、口の前で両手を合わせる。

「皆、光の神が〝助けてくれるかもしれない〟という一縷《いちる》の望みに賭《か》けてる」

「天使の親玉だと知ってもなお、ねぇ……」

オルスロット修道院にワタル達は停留していた。この場にいるのはワタルとヨリツラだけで、他のメンバーは別の教会に向かっている。

「正直なぁ……祈りに来たやつを片っ端から追い返すにも限度があると思うで？　疑わしいやつを集めてどっかの町に拘束したほうが早いわ」

「分かりやすい人ならそれができますが〝分かってて寝返る人達〟は自分から言ったりしないでしょう」

「めんどくさいわー。人の心を透視できる固有スキル持ちとかおらんのかな」

両手を頭の後ろに回して、うんざりした様子でぼやくヨリツラ。

「ヨリツラさんの固有スキルを嘘《うそ》発見器のように応用できませんか？」

「ボクのスキルはそんな万能ちゃうで。基本的に分かれ道とか敵とか、ゲーム側が用意したシチュエーションに使えるってだけやから」

「そうですか……」

光の神に与する考えのプレイヤー（大多数が精神を乗っ取られることを信じていない）は少なからずいるが、ワタル達が目を光らせていることもあり、表面上は大人しくしている。しかしヨリツラが言うようにそれにも限度がある。

「僕には危惧《きぐ》してることがあるんです」

「他にも何かあるん？」

「ホロ煉獄《れんごく》から脱出した際のことを覚えていますか？　我々と別れ、引き返す選択をした人達のことです。彼等《かれら》はいまどこにいるんでしょうね」

監獄から脱出できたプレイヤーのうち、ワタル達を除いた約３０人ほどがアリストラスを目指して引き返したことになる。

「そりゃ野垂《のた》れ死んどるやろ。アリストラスまでどんだけの距離あると思っとるん。犯罪者プレイヤーは町に入れないから補給もできんし、寝ることもできんわけやん」

「そうは言っても、その日のうちに転移機能が解放されましたからね。アリストラスを目指していたなら、出てくる敵も煉獄より弱くなっていくはずですし、余程のことがない限りほとんどが安全圏に逃げられたと思います」

確かになぁと相槌《あいづち》を打つヨリツラ。

「で。それのなにが問題なん？」

「恐らくプレイヤーの中で彼らが最も孤立しています。つまり光の神の思惑を共有できていない」

だから相手側につく可能性があると、ワタルはそう考えていた。

「なるほど。そら確かに厄介やわ」

犯罪者プレイヤーの多くは、ワタルのパワーレベリングの恩恵でかなりレベルが高い。それらが万が一、光の神の傘下に入ればプレイヤーにとって脅威になり得る。

「ま、考えたところで真相は闇の中や。そうなったらそうなった時にボクらで処理すればええんよ」

「…………」

沈黙するワタルに「迷ったらあかんよ」と続ける。

「目的のために悪役になる道を選んだんやろ。なら最後までそうあるべきやと思うよ」

「……無論そのつもりです」

「そんな暗くなっちゃってー。ボクからしたらワタルちゃんは恩人やし、今後も一緒に罪も背負うで。最後まで付き合うつもりやし心強いやろ？　仲良くしよーや！」

　そうですねと、ワタルは小さく頷いた。

　ヨリツラは他の犯罪者達《先の心配事》について思い悩んでいるのだと考えていたが、実際は違う。ワタルは久遠《くおん》のことを考えていた。自分の手で殺し、自分を庇《かば》って死んだかつての親友。心に空《あ》いた穴が埋まらないような感覚。埋める術《すべ》を知らないワタル。

（僕は久遠をどうしたかったんだろう）

　大切な人達を守るために殺した親友。

　彼を倒すために自分を鍛《きた》え、魂を売った。

　久遠はもういない——目的は果たせた、のに。

「ほなボクは黒犬《くろいぬ》んとこ行ってくるわ。あいつ一人やしサボられたら困る」

「ああ。頼みます」

「んじゃ」

　ヨリツラが転移で消えた後もワタルは一人黄昏《たそが》れていた。これではダメだと首を振る彼の視線の先、修道院の前に誰かが立っていた。

「……！」

祈りに来たプレイヤーなら追い返す必要がある。立ち上がったワタルに気付いたのか、その人物は砂の城が風に吹き散らされるように、次第に薄れて消えていく。

見覚えのある姿に立ち尽くすワタル。

「……久遠？」

ワタルの呟きは風の音に消え、葉が擦れる音だけが寂《さび》しげに響いていた。

＊　＊　＊　＊

訓練所の窓から空を眺めていたミサキは、会議中での天草の発言が忘れられずにいた。

〝あの子供がやられたら次はどこのギルドが攻略担当になるか、だろ〟

修太郎と魔王達より強い存在——想像も付かないが、相手は悪の親玉だ。きっと一筋縄では行かない。それなのに自分は何もできない、それがもどかしい。

（やるべき仕事があるのに、手に付かない……）

鬱々《うつうつ》とした気持ちのまま、ミサキは固有スキルに意識を向けた。

仕事、というよりも呼吸に近い感覚。

ミサキにとって、スキルは身体機能の延長となりつつある。

「えっ？」

ミサキは思わず声を漏らした。

なぜならそこに、異常な速度で移動する無数の赤点があったからだ。

「敵……？」

反応を注意深く見ると、それが六つの赤い点と一つの紫色の点の集合体であることが分かる。

アリストラス上空まで辿《たど》り着《つ》いたそれらが動かなくなると、ミサキは訓練所から飛び出した。

ミサキが向かった先は広場の中央。

空から降りてきたのは予想通り――魔王達だ。

（もしかして、もう全てのエリアを……？）

彼らの強さを鑑《かんが》みれば十分あり得る話だ。しかし魔王達の表情、そしてなによりバートランドの腕に抱かれぐったりと動かない修太郎を見て、ひとめで〝何か良くないことが起こった〟と理解できた。

「修太郎さん！」

駆け寄るミサキの声に反応したのか、ゆっくり目を開けた修太郎がぼんやりとミサキの顔を眺める。

「あれ……なんでここに？　危ないから来ないでって、言ったのに……」

未だ自分が最前線にいると思い込んでいるのか、修太郎は困ったような笑みを浮かべた後、糸が切れたように気を失った。ミサキは涙を溜《た》めながら切迫した様子でバンピーに尋ねる。

「いったい何があったの!?」

「負けたの」

「――え？」

「負けたのよ、妾《わらわ》達は。無様《ぶざま》にね」

ミサキは絶句した。

心臓が早鐘《はやがね》のように鼓動している。

「貴女《あなた》には正直に言うわ。主様《あるじさま》は敵との戦いの末に傷を負ってしまった。今はもう落ちついているけど、場所が悪ければあのまま――」

「おい姉御《あねご》！　滅多《めった》なこと口にしたら許さねェ」

怒気の籠《こも》ったバートランドの言葉にバンピーは「ごめんなさい」と小さく呟く。

「皆さんがついていたのに、修太郎さんが襲われるなんて……」

圧倒的な強さを誇り、主を守ることにプライドを持つ魔王達をもってしても守りきれなかったことが、ミサキは信じられずにいた。

（天草さんの言葉が現実に起こるなんて）

「――ッ！」

ガララスの拳《こぶし》が地面を破壊する。

「よさないか！　自分を責める前にやるべきことがあるだろう！」

「そういう貴様はどうなんだ。実の父親相手にずいぶん弱腰ではないか」

「私は！　私は……」

そのまま黙り込むシルヴィア。

ガラスは「フン」と顔を背けながら「やるべきことなど我も理解している」と、虚しそうにそう呟いた。

「主様が一命を取り留めたのは偶然ではありません」

そう言ってエルロードが布のようなものを広げると、そこには拳大の大きさまで小さくなったプニ夫《お》の姿があった。

「そんなっ……！」

駆け寄るミサキがプニ夫を抱き抱えると、プニ夫は弱々しくもまだ生きているようで、小さくぷるりと動いてみせた。

「攻撃の瞬間に主様を全霊で守ったのでしょう。ダメージが酷《ひど》い」

「元に戻るんでしょうか」

「スライム種の生命力は魔物の中でも頭抜けています。時間はかかるでしょうが、問題ありません」

それを聞いて安心したのか、力なくへたり込むミサキ。腕に抱いたプニ夫を優しく包み込み、静かに涙を流した。

その頃には騒ぎを聞きつけたプレイヤーが集まり始め、魔王達を囲む形で円を作っていた。

アルバや白蓮はミサキの様子を見て事態を理解したようだ。

「修太郎君っ！」

群衆から飛び出したのは受付嬢のルミアだ。

近づく彼女を目で制すバートランドだったが、ルミアは全く物怖《ものお》じせず、真《ま》っ直《す》ぐ彼の目を見て言った。

「まずは修太郎君がゆっくり休める所へ」

しばらく冷徹な目を向けていたバートランドだったが、やがて小さく頷いた。ルミア先導のもと、バートランドに運ばれ修太郎は宿舎へと移された。

「悠長にしてる暇はないわ」

バンピーが他の魔王達に詰め寄る。

「使徒を探し、潰《つぶ》す。そうでしょう」

しかし彼女の言葉に同意する者はいない。

好戦的なガラスでさえ沈黙している。

神妙な面持ちでエルロードが口を開く。

「受け入れなさい。貴女も理解しているはずです」

「…………」

「我々の弱さが今回の敗因です。今のままでは何度やっても同じ結果になるでしょう」

バンピーはギリリと拳を強く握ると、無言で踵《きびす》を返し、町の中へと消えていった。

「……剣を打ってくる。少し考えたい」

そう言い残し、セオドールも去ってゆく。

「――ッ！」

叫びそうになるのを我慢し、シルヴィアは音もなく地を蹴ってその場から消えた。

残されたのはエルロードとガラス。

「本気の殺し合いが成長を促す。その可能性に賭けてみませんか」

挑戦的な口調でそう呟くエルロード。

一騎打ちの申し出にガラスは笑う。

「ふん。珍しいことを言うではないか」

しかしその瞳には巨人の炎が見えない。

片膝《かたひざ》をつき、ガラスはどすんとその場に腰をかけた。

「得られるものがあれば、以前貴様とやり合った時にそれが手に入っていたはずだ。手に入っていれば、今日主様が傷付くこともなかった」

「…………」

そう言って、胡座《あぐら》をかいて目を閉じるガラス。エルロードはしばらく宿舎の方を見つめた後、溶けるようにどこかへと消えていった。

（目の前で修太郎さんが傷付くのを見たんだもんね。そうだよね）

魔王達の心中を察しながら、ミサキは小さくなってしまったプニ夫を優しく撫でる。そして二、三度なにかを探すように首を振ると、バンピーが去った方角へと走っていったのだった。

＊　＊　＊　＊

夕暮れが静かに訪れ、城下町を一望できる丘にミサキはやって来た。

遠くからの鐘の音が心地よく響いている。

その丘のふもと、一本の大きな木の下にバンピーが佇《たたず》んでいた。

「バンピー」

静かに歩み寄るミサキ。

バンピーは振り返ることなく、深いため息と共に「本当にお節介ね」と冷たく呟いた。

彼女は城下町を見下ろしながら、夕陽《ゆうひ》に照らされた風景を哀《かな》しげに眺めていた。その背中に孤独と失意の色が見える。

「だって友達じゃない。当たり前だよ」

そう言いながら、ミサキはまた一歩近づく。

「友達。友達なら教えて頂戴」

振り返るバンピーの頬に、涙が伝う。

「どうすれば強くなれるの」

これほど弱っている彼女の姿を、ミサキは見たことがなかった。だからだろうか、反射的に彼女のことを抱きしめずにはいられなかった。

「修太郎さんがいなくなると思って怖かったよね。力が足りなくて悔しかったね。でも大丈夫、大丈夫！　みんな無事に戻って来たんだもん」

「………」

ミサキの気持ちを素直に受け取り、バンピーはその言葉と抱擁《ほうよう》を受け入れた。ミサキは微笑《ほほえ》みながら彼女の手を取り言葉を続ける。

「修太郎さんを失うことへの恐怖と、相手への怒りは、強さに変えられる。負けを経験しなければこの強さは手に入らなかった。大丈夫。バンピーなら今よりもっとずっと強くなれるよ」

優しく抱擁を続けるミサキ。

「それと傾向と対策も大事だよ！　相手がどんな技を使って来たかとか、どんな特性を持っているかとかね。バンピーはスキルが強力だからきっとその辺大雑把《おおざっぱ》だと思うけど――」

「よく喋《しゃべ》るわね」

「わっ！」

そう言ってミサキを抱きしめ返すバンピー。予想外のことに硬直するミサキに、バンピーは微笑みながら「大人しく抱かれてなさい」と呟くのであった。

＊　＊　＊　＊

「ただ眠っているだけみたいですね。この世界で病気になったり重大な怪我《けが》に繋《つな》がったりはしないようなので、基本的には時間が癒《い》やししてくれますよ」

元医療関係者のプレイヤーからそう告げられ、ルミアはホッと安堵《あんど》のため息を吐く。

「じきに目が覚めるそうですよ。きっと疲れも溜まってたんでしょう」

「そうか……」

安らかに寝息を立てる修太郎を見下ろしながら、バートランドは悲しそうに佇んでいた。

ほどなくして、廊下からこちらに向かってくるような足音が響き、荒々しく開いた扉から少年が飛び込んできた。

「修太郎!? おい大丈夫か!」

「こら! 安静にしてるって言われただろ!」

ベッドに飛び込みそうな勢いのショウキチを誠《マコト》が摑みあげる。遅れて入ってくるバーバラ、キョウコ、ケットル、そしてラオと怜蘭《レイラン》の姿もあった。

「すみませんが、一応病室という扱いでお願いします」

「あ、はい、スマセン……」

ルミアに窘《たしな》められショウキチは勢いを失う。

ショウキチ達はしばらくの間修太郎の寝顔を眺め、起こさないように静かに去った。

見舞いを断るべきかと考えたが、目覚めた時賑《にぎ》やかなほうがいいとルミアは入室を自由とし、それから大勢の来客があった。

まずは紋章のアルバ、フラメ。キャンディーやK《ケイ》、それから黄昏の白蓮をはじめとするメンバー達、そして八岐《ヤマタ》のメンバー。

「寂しそう。添い寝したほうがいいかな……」

「姐《ねえ》さんが一緒に寝たいだけでしょ」

「は!?　こういう時は体を温めるのが一番なのよ！」

「姐さんシ――！」

特に八岐の舞舞《マイマイ》達は騒がしかった。しかしその騒ぎの中でも、修太郎は起きることなく熟睡し続けている。怪我によるショックよりも、しばらくまともな睡眠を取っていなかった反動が大きいようだ。よほど疲れていたのだろうと、ルミアは小さな英雄を悲しそうに見つめた。

来客が落ち着いてきた頃、ルミアがぽつりとこぼす。

「修太郎君はとても愛されてます」

「………」

修太郎に視線を向けたまま語りだすルミア。聞いているのかいないのか、バートランドは無言で壁にもたれている。

「とても複雑な気持ちです。敵の強さがどれほどなのか私じゃ分かりませんが、魔王達《皆様》がいなければどうすることもできないことくらい……分かります。修太郎君が消耗《しょうもう》しているのは現状を見れば明らかです――ただそれでも私は起きた修太郎君を、再び最前線に行こうとする修太郎君を、たぶん止められません」

最初はバートランドを励《はげ》ますつもりだった。

しかし、ルミアの口から出るのは懺悔《ざんげ》するような言葉ばかり。

「帰還した皆様を見て、あなたに抱かれぐったりとした修太郎君を見て、私は彼の心配よりも先に〝これからどうすればいいんだろう〟と思ってしまったんです。私はここに来てからずっと、自分のことばかりです」

止まらない、懺悔の言葉。

ルミアは口にしたことを激しく後悔した。

バートランドがゆっくりと歩み寄る。

「そんなこと主様はすべて承知の上で最前線に向かったんだ。強いも弱いも、善悪も関係なく、皆を守るってなァ」

ルミアの横を抜け、ベッドのすぐ脇で膝をつき、修太郎の頬を優しく撫でながら続けた。

「見た目こそ幼いが、主様の精神は既に成熟している。時間の流れが異《こと》なる場所で命を削ってご自身を鍛えられたからだ。しかし、強くなればなるほど周りの目というものは変わる。畏怖《いふ》、期待、嫉妬《しっと》、尊敬——ご自身に向けられた感情を受け止めたうえで、黙っている。平等に接する。この方はそういうお方だ」

バートランドは塔での特訓を思い出していた。

強敵達との戦いで修太郎は何度も死にかけた。それでも弱音を吐かずやり遂《と》げたのは、譲れない目的があったからだ。

「命に関わる傷を負ったのはこれが初めてじゃない。意識が飛ぶほどの痛みなんて、普通の人間なら精神が壊れてもおかしくねェ。それでも難敵にぶつかるたび、躓《つまず》くたびにご自身に言い聞かせていた〝皆を守る力が欲しい〟と」

ポロポロと涙を流すルミア。

自分の中にある醜い感情も、修太郎にはきっと見抜かれていたのだろう。その上で、あの変わらない笑顔を向けてくれていたのだと。

「だから俺達は主様に惚《ほ》れたんだ。主様が叶《かな》えたいことがあれば、なんだって手伝う。たとえそれが自分の存在と矛盾しててもな」

言い終えると、バートランドは再び壁にもたれるように背中を預けた。

「自分を責める必要はねェ。ただ全てが終わった後、今度はアンタ等《ら》が主様を支《ささ》えてやってくれ」

「それってどういう……」

「今は分からなくていい。ただ約束だけしてくれ」

意味深な物言いは理解できなかったが、ルミアはバートランドを真っ直ぐ見つめ、答える。

「はい。約束します」

「ん。じゃあ頼んだぜ」

そう言って優しく微笑むバートランド。

満足したように煙草《たばこ》を咥《くわ》える彼に、すかさずルミアは指導する。

「ここは禁煙です」

「あーはいはい。さっきまでのしおらしさは何処《どこ》へ行ったんだか」

などと言い合いながらも、二人は修太郎が目覚めるのを静かに見守るのであった。

＊　＊　＊　＊

修太郎のお見舞いが終わり、施設から出たケットルは、心配した面持ちで建物を振り返った。

修太郎が眠る部屋の外、ドーマー窓が並ぶ一角に、白銀の尻尾《しっぽ》が動いているのが見えていた。

「ごめん。先に戻ってて」

「分かったわ。私達は会議に出るから、終わる頃にまた呼ぶわね」

「はあい」

そう言ってバーバラ達と別れたケットルは、再び施設に戻り空き部屋の窓から外に出る。そして屋根を伝い、尻尾の持ち主に声をかけた。

「中から尻尾見えてた。修太郎、心配だね」

「ああ……」

窓の外から修太郎を見守っていたシルヴィア。ただケットルが知る彼女よりも、どこか覇気がないように思えた。

「言い合いしてるのを聞いた人がいてね、シルヴィアがお父さんと戦ったとか」

「…………」

「もし嫌じゃなければ話聞きたいな。前に助けてもらったから私も力になりたいよ」

そう言って笑いかけるケットルに、シルヴィアは小さくため息を吐く。建物のてっぺんに二人で並んで腰をかけ、夕陽を見つめながら、シルヴィアは自分の出自について語り出した。

「――家族への攻撃は禁忌とされていた。ただ私にとって何よりも大切なのは主様だ。誰が何を言おうと絶対そうだと言い切れる。もちろん禁忌なんて関係ない。だから主様の敵は親だろうが関係ない、はずだった。なのに……戦えなかった。私は戦士失格だ……主様に合わせる顔がない」

「だからずっと外で見守ってたんだ」

「…………」

黙り込むシルヴィアにケットルが続ける。

「私、お父さんいないんだ」

「？　ではどうやって産まれたんだ？」

「離婚したの。産まれた時は一緒だったけど、夫婦の性格とか色々合わないと別れちゃうんだよね、人間って」

努めて明るい口調で語るケットル。

シルヴィアには理解できない世界だった。

「不義理なものだな」

「そう。でね、私はなるべくいい子でいようと努めたんだ。お母さんの負担にならないようにってね。だからここに閉じ込められた時は、なによりまず〝お母さんに見捨てられる〟って思って不安になった。自分の命が危ないって時にだよ？　どこまで親の目を気にしてるんだって、笑っちゃうよね」

「…………」

　シルヴィアにも近しい経験がある。

　かつて家族を襲った冒険者と共に帰らずの門に飛び込み、長い間離れ離れとなった。そしてようやく出られた時、家族はもうこの世からいなくなっていた。

「こっちでもそう。ショウキチ達の前ではなるべくいい子でいようと努めたんだ。捨てられたくないからさ。でもそんな気を遣わなくていいって、誠が言ってくれた。そのままの私を受け入れてくれたの」

　つまり何が言いたいかというと――と、ケットルは更にシルヴィアとの距離を詰めて座る。

「話を聞いて思ったのは、シルヴィアはお父さんとまた離れるのが怖かったのかなって」

「馬鹿な、私に怖いものなどない」

「私もそう思うよ。シルヴィアは強いから」

　でもね、と優しい口調で続ける。

「自分を偽《いつわ》らずに話すことも大事だよ。言えなかったことがあるなら、思い切って言えばいい。だって亡くなったお父さんに会えたんだよ？　こんな機会二度とないかもしれないじゃない？自分の気持ち、伝えたほうがいいよ」

ケットルの言葉が妙に心に響く。

シルヴィアは父親と対峙《たいじ》した際、なにも言葉が出てこなかった。話したいことは頭の中で渦《うず》を巻いていた。言いつけを破って門を潜ったことについてとか、兄弟は立派に育ったのかとか、最後に母はなんと言ったのかとか——

倒せばきっと父とは二度と会えなくなる。

父を前にしたシルヴィアは、門を潜る前の姿に戻ったような感覚があった。幼き日の自分が親との戦いを拒《こば》んだのだ。

「話せば前に進める。戦えるよ」

「…………」

ケットルはそう言いながらシルヴィアの手を握った。シルヴィアは黙ったままだったが、遠慮がちに彼女の手を握り返した。

＊　＊　＊　＊

広場の中心で胡座をかく巨人を見つけ、マグネは嬉《うれ》しそうに駆け寄った。

「おかえり！　負けたんだって？」

「黙れ。我は今機嫌が悪い」

「なんで？　負けたから？」

「分からん奴だな！」

勢いよく立ち上がり、殺意を込めた視線で睨みつけるガララス。見物人達が肝を冷やして去っていく中、マグネは動じず腕を組む。

「一回負けたぐらいでなーにイジけてるわけ？　負けたら死ぬの？　あれ、でも前もイケメン執事に負けてなかった？」

「そうだ、我は二度負けた。我は侵略者の王だ。負ければ王ではなくなる」

ガララスの世界においては、敗北＝死。

エルロードとの戦いは多少なりと情が邪魔をしたと言い訳できるが、今回は違う。

ガララス最強の盾にして矛であるスキルは、アグニの拳によってあっさり貫かれた。戦いは全て後手後手で、長引くにつれ勝機が薄くなる感覚があった。

「じゃあ王様やめたらいいじゃん」

マグネは自作のロリポップを取り出し、ガララスに渡した。ガララスは突然の行動に呆気《あっけ》に取られ、ただそれを受け取るしかできなかった。

「負けとか言ってるけどさ、誰も死んでないんだからマグ的には負けとは思わない」

と言いながら、マグネは袋の上から飴を殴って砕いた。そうして砕かれた飴達の断面を一つ一つ丁寧に舐《な》め溶かすと、今度は棒へと戻していく。

「ほら。誰も欠けてなければ元通りと」

「……砂糖菓子とは違う」

「ん。まあ確かにそうかも」

そう言ってマグネは飴を口の中へと放り込む。

「その使徒って奴がさ、攻めてきたら皆死んじゃうのかな」

夕焼けを背にぽつりと呟くマグネ。

「そしたらさ、死ぬ時は一緒にいていいかな」

「貴様は死にたいのか？」

「うん。マグはずっと死にたかったよ」

そう言ってマグネは笑顔でターンを決める。

「マグにとって死はネガティブなものじゃなかったんだ。周りの男がクソってこともあったけど、人生うまくいかないし、まいっかーみたいな。死んだらもう苦しいことも悲しいこともないんだろうなーって。憧《あこが》れてた時期もあった」

でも、と、振り返った彼女は泣いていた。

「なんか、今は死にたくないかも」

「…………」

「ガラスに助けてもらって、強くなって、挽回《ばんかい》して、皆に認められて。なんか今人生で一番充実してるんだよね。だから死ぬの、怖いかも」

声を震わせながらそう呟くマグネを見て、ガラスは呆れたように深いため息を吐いた。

「馬鹿なことを言うな。そうはならん」

「そんなの分からないじゃん」

「我がならんと言ったらならん。今までもそうだった。そしてこれからもな――」

飴を口の中に放り込み、噛《か》み砕《くだ》く。

修太郎に防衛を任されたその日から、アリストラスはガラスにとって第二の自国のような気持ちがあった。名も知らぬ全てのプレイヤー達に愛着があった。マグネの言うように使徒がここへ攻めてくれば、崩壊は免《まぬが》れない。

「我は侵略者。誰も我のものは奪えない」

力を込めた拳がメキメキと音を立てる。

その瞳には巨人の炎が燃えていた。

「二度は負けん。そして二度と負けん」

ガラスは声に出して決意を示す。それはまるで未来の戦いに向けての宣言のようだった。

＊　＊　＊　＊

工房に響く金槌《かなづち》の音。

端《はた》から見た素人《しろうと》でも、その速度、精度、そして品質はプレイヤーには実現不可能なものだと分かる。

「俺達のノルマ終わったな」

「終わったどころか、もう武器に関しては供給過多だろこれ。むしろ今までのもの全部廃棄《はいき》していいレベル」

「だよな。粗悪品に思われても嫌だし」

生産職《クラフター》プレイヤーがそんな会話をしていると、一定のリズムで鳴り響いていた金槌の音がピタリと止《や》んだ。寡黙《かもく》そうな黒髪の騎士は、炉《ろ》を見つめながら口を開く。

「武器を粗末にする者に工房を使う資格はない」

「ひ、ヒィッ！」

建物が軋《きし》むほどの圧に、二人はたまらず工房から飛び出して行った。セオドールは深いため息を吐きながら、再び金属を炉にくべる。

熱せられた炭火の輝きが彼の顔を照らす。

武器の鍛造は彼の魂そのものだ。

何かを考える時、セオドールは決まって武器を鍛える。

「あのぅ」

赤々と熱した鉄塊が炉から取り出され、熟達した手つきで形を整えていく。

金槌を振り下ろす度に額《ひたい》から汗が滴《したた》り落《お》ちる。

「あ、あのっ！」

セオドールはそこで初めて隣の女に気が付いた。女は反射的に顔を隠すように髪をいじる。

華奢《きゃしゃ》な体つきに、覇気のない姿勢。前髪で隠れた目は眠そうな印象を持たれやすく、彼女のコンプレックスであった。

「春《はる》カナタと申しまして。あの、あの……」

「すまないが後にしてくれ」

言いながらセオドールは再び金槌を振る。

金属は丁寧な鍛造によって徐々に変形し、次第に刃《やいば》と茎《なかご》に形を変え、剣の輪郭《りんかく》を生み出していく。金属を炉に戻し、再び熱せられた炭火の中で焼き直し、鍛える作業を繰り返していく。

「すごい……」

春カナタは元々の用事も忘れその工程に魅《み》入《い》っていた。職人は鍛錬《たんれん》する姿も芸術だと言われているが、彼女にとってセオドールが正にそれであった。それから剣を完成させるまで、セオドールの手は止まることはなかった。

「夜空みたいに綺麗《きれい》な剣……」

出来上がった剣は完璧なバランスを保っていた。この剣があれば、分厚い岩をパンを切るように容易《たやす》く両断できるだろう。

(奴は俺を恨んでいるのだろうか)

春カナタの感動とは裏腹に、セオドールは単に気分を晴らすために武器を鍛えていたに過ぎない。考えはまとまらないまま、本数だけが増えていく。

「あの、そろそろ相手にしてほしいです」

「まだいたのか。俺に何の用だ」

「何の用だって、勝手に使われていたので……」

自分の使っていた場所に彼女が戻ると、男が一心不乱に武器を作っていた。施設は共同で使えるものとはいえ、道具も残ったままである。

「そうか、すまない」

「いえ。隣空いてるのでよかったらどうぞ」

厳密にはセオドールの圧で空いてしまった席になるが、そんなことは知らない様子で、セオドールは席を立つ。春カナタの机には何本かの武器が並んでおり、刻印からすべて彼女が鍛えたものだと分かる。

「どれも気持ちのいい出来栄えだ」

「あっ、えっ？　そ、そうですか」

「完成品には本人の想いが色濃く出る。この剣には迷いがない。春カナタ殿は名匠のようだ」

「そんな、そんなことは……」

フッと微笑みながら炉の火を眺めるセオドール。春カナタは顔を赤らめながらも、気を紛らわすように金属を鍛え始めた。

工房に金槌の音が響く。

「あの、お名前は何て言うんですか」

「セオドールだ。名乗るのが遅れてすまない」

「いえいえ。セオドールさんはどうしてここへ？」

高レベルの生産職プレイヤーほど共同の工房を利用しない傾向が強い。今は助け合いの世の中になったが、技術を目で盗まれるのを警戒してのことだった。現に多数のプレイヤーは武器製作には同意しつつも、共同の工房には現れない。

　春カナタはセオドールがかなりの高レベルプレイヤーだと予想し、この場にいることを不思議がったのだった。

「迷いを晴らすため、だ」

「迷いとは？」

「大昔の話だが、自分の選択が正しかったのか否か、今になって分からなくなった」

　カンッ！　という音が止まり、春カナタは金属から視線をセオドールへと移した。

「僕もそういう時期がありました」

　暗い表情でそう呟く彼女に、セオドールは手を止めて興味深そうに尋ねる。

「どう乗り越えた」

「じ、自分の力では乗り越えていません。ただ、仲間が許してくれたんです」

　懐かしむように春カナタは語り出す。

「僕、本当はもうこの世にいないんですよ。嫌なことがあって、頭ぐちゃぐちゃになっちゃって、馬鹿なんで変な人を信用しちゃって」

　春カナタは生き返ったプレイヤーの一人だ。彼女は解放者《かいほうしゃ》と名乗る男の口車に乗せられ、大規模殺人に巻き込まれたのである。

「い、生き返った後に、仲間に全部話しました。そしたら僕のこと否定せずに受け入れてくれたんです。それに救われたなぁ」

「…………」

自分は仲間達と満足に議論したのだろうか。

セオドールは自問自答する。

かつて彼は一度入れば戻れないと言われる塔へと挑んだ。彼を送り出してくれた仲間達は死に、全てが終わった後、昔の彼を知る者は誰もいなくなっていた。

あのまま仲間達と暮らす道もあったのかもしれない。仲間達はそう望んでいたのかもしれない。今更どうすることもできないが、そういう道があったのは確かだ。

「仲間達は俺を許すだろうか」

「もちろん」

春カナタは自信ありげに即答する。

「自分の選択が間違っていたにせよ、正しかったにせよ、正直に伝えることが大事です。そうすれば一人で悩んでたことが馬鹿らしくなるくらい簡単に解決しますから」

そう言いながら春カナタは鍛えていたものを完成させ、そのままセオドールに差し出した。

「これは？」

「お守り。仲直りできるといいですね」

「…………」

手《て》渡《わた》された十字架のお守りを握り、セオドールは再び炉へと向き合った。

＊　＊　＊　＊

漆黒《しっこく》の闇の中に、修太郎はいた。

まるで黒い水の中にいるような感覚。

宇宙を漂うような感覚。

時折り空間にノイズが走り、0と1という数字が魚のように湧いては消える。

「ここはどこだろう……」

自分の身に大変なことが起こった記憶はあるが、それがなんだったのかは思い出せない。自分が眠っているということすら忘れ、修太郎はその不思議な感覚に身を委《ゆだ》ねていた。

『ねぇ』

どこからか声がする。

女性、それもかなり幼いように聞こえる。

『ねぇ』

再び声がする。

今度は修太郎のすぐ側《そば》から聞こえた。

「誰？」

『それはこっちの台詞《せりふ》だよ』

闇の中に光の帯が集まってゆく。

眩《まぶ》しさに目を背ける修太郎は、光が収まった先、小さな女の子が立っているのが見えた。

灰色の髪をツインテールにした女児。

芸術作品を彷彿《ほうふつ》とさせる恐ろしく整った顔立ちで、粗末なワンピースに身を包んでいる。

『こっち来て』

そう言って灰色の女児は修太郎の手を引く。

修太郎はされるがまま、漆黒の中を進んだ。

しばらく進むと、そこに巨大な樹《き》が現れた。

「変な樹だなぁ」

率直《そっちょく》な感想を述べる修太郎。

樹には様々な色の果物が実っており、色濃く熟《う》れて食べ頃に見える。中には果物に見えないような、得体の知れない物体や、うねうねと動く気味の悪い物体まで確認できる。

『これ、食べると面白いよ』

そう言って灰色の女児は赤い果物をもぎ取った。綺麗な色のリンゴに見えるが、修太郎はこれのなにが面白いのか気になった。

「食べるとどうなるの？」

『美味《おい》しいの。でも死んじゃうんだ』

なにを言ってるんだと、修太郎は灰色の女児を訝《いぶか》しげに見つめる。灰色の女児からは邪悪な感情は一切感じられず、純粋に〝美味しいから食べさせたい〟といった表情を覗《のぞ》かせている。

「え、じゃあ食べたくない」

『どうして？』

「だって死にたくないもん」

『別に、また生き返ったらいいじゃない』

きょとんとする女児に困った表情を見せる修太郎。そもそもこの子は誰なんだろうか。その問いに彼女は答えていない。

そんなことを考えていると、女児はそのリンゴもどきにガブリと齧《かじ》り付《つ》いた。

修太郎が「あっ」と声を出すのも間に合わず、女児は後ろ向きに倒れ、体がチリとなり消えていく。

死んだ——？

修太郎はただその光景を呆然《ぼうぜん》と眺めるしかできなかった。

『やっぱり美味しい』

ギョッとした修太郎が声のする方向へと視線を移すと、そこには太い木の枝に腰掛ける灰色の女児の姿があった。

「どうなってるの……？」

『死んで生き返っただけだよ』

あっけらかんとする女児の態度に、修太郎はこれを夢だと断定し、夢ならそんなものかと深く考えないように努めた。いずれにせよいつまでもこんな場所にはいられない。すっかり忘れているが、やるべきことがまだ沢山ある。

「ここから出る方法はあるの？」

夢の住民に聞いていいものかと思いつつそう尋ねる修太郎。灰色の女児はしばらく沈黙したのち、ぴょーんと木の枝から降り立った。

『どうして？　まだここにいてよ』

「あのね、僕もやることがあるんだよ」

『やることってなに？』

「それは……」

忘れたけど、と、呟く修太郎。

『波長が合う人は初めてなの。お願い、もっと遊ぼうよ』

そう言ってぐいぐいと腕を引いてくる女児に、修太郎は首を振りキッパリと断る。

「だめ。僕は帰りたいの。それに、なんか遊びかたが危ないもん」

『だって、そんなの分かんないし』

「もっと平和に遊ぼうよ。たとえばそう、かくれんぼとか？」

『それなあに？』

パッと思いついたのがソレだったのだが、女児は思いの外《ほか》かくれんぼに食いついた。

「一人が探す側で、一人が隠れる側。隠れたら動いたらダメで、見つかったら交代するの」

『面白そう！』

そう言って目を輝かせる女児が手を叩《たた》くと、漆黒の空間がぐにゃりと変化し、深い深い森の中へと景色が変わった。突然のことに呆気に取られる修太郎。そして女児の姿も無くなっている。

『隠れたよ！』

「今やるとは言ってないのになぁ……」

威勢のいい声にため息を吐きながら、提案した自分のせいだと修太郎は遊びに付き合うことにした。

修太郎は目を瞑《つむ》り、深く息を吐いた。

昔はしらみつぶしに探していたが、今は違う。感覚を研《と》ぎ澄《す》ませば自ずと場所は分かる。

（バートとの特訓の成果かな。あれ、バートって……？）

混濁《こんだく》していた記憶が徐々に戻ってくる感覚。

修太郎は自分が使徒の攻撃を受け、意識を失ったことを思い出した。

「帰らなきゃ」

こんなことをしてる場合ではない。

でも、ここで目を覚ませば、あの子はずっと隠れたままかもしれない。そう考えたら放置するわけにもいかず、修太郎は更に感覚を研ぎ澄ます。極限まで感覚が研ぎ澄まされると、ソナーのように何がどこにあるのかが分かるようになる。

「……いた」

岩の裏で頭を抱えて隠れている女児のシルエットを見つけ、迷わずそこへ向かう修太郎。森の奥地に隠れなかったのは彼女なりの気遣いだろうか。

「みーつけた」

『わっ』

女児の体が跳ねた。

修太郎の顔を見るなり満面の笑みを浮かべる。

『たのしい！』

「毒リンゴ食べるよりいいでしょ？」

『うん。ぜんぜんたのしい』

今度は交代だねと言う女児に、修太郎は後ろ髪を引かれる気持ちを押し殺しつつ、諭《さと》すように言った。

「ごめんね。僕、帰らなきゃ」

『………』

「待ってる人達がいるんだ。いかなきゃ」

女児は何も言わずに森の奥へと歩き始める。

追いかけようとして、修太郎は踏《ふ》み止《とど》まった。こうしている間も、魔王やミサキ達の身に危険が及んでいるかもしれないからだ。

　歩みを止め、女児がくるりと振り返る。

『……また呼んでもいい？』

「うん。そしたら次は僕が隠れる番だ」

『分かった。約束ね』

　そう言って、名残《なごり》惜《お》しそうにしながらも、女児はその小さな手を叩くのだった。

＊　＊　＊　＊

「ん、う」

　黄昏の空が徐々に漆黒へと変わり始めた頃、うなされるような声を発しながら修太郎が目を覚ました。

「あれ……」

「修太郎君？」

　ムクリと起き上がり周囲を見渡す修太郎。

　横には目に涙を溜めたルミアがいて、自分はベッドに寝かせられていた。全く状況が理解できず、二、三度目を擦りながら記憶を辿る。

　最前線に向かい、順調に攻略し、それから？

そして蘇《よみがえ》る――使徒との邂逅《かいこう》。

迫る刃、灼熱《しゃくねつ》の痛み、鮮血。

「ッ！」

飛び上がった修太郎をバートランドが抱き留めた。緊張状態にあるのか、修太郎の瞳は左右に激しく揺れている。

「み、皆は無事!?」

「……ご安心ください、我々もご友人達も全員無事です」

「そっか。そっか……」

安心したのか、修太郎は腰が抜けたようにベッドへ座り込む。冷静になるとあの時の記憶が濁流《だくりゅう》のように流れ込んできて虚しくなった。

これまでの冒険で学んだこと、バートランドに習った剣術、セオドールに貰《もら》った武器、塔での経験、何ひとつ通用せず、あっさり斬られて終わってしまった。

悔しそうに唇《くちびる》を噛んでいた修太郎は、難しい顔を止め、バートランドに向き直る。

「次は絶対に勝つ。絶対勝てるように準備する。そうだよね」

「……ええ、その通りです」

「なら皆を呼んで対策しなきゃだね！」

そう言って修太郎は立ち上がる。

負けたものは仕方がない、なら次は負けないように努力すればいいと、すでに気持ちは前を向いていた。

（この子は本当に……）

ルミアは涙を必死に堪《こら》えていた。

自分のことよりも先に仲間達の安否を確認できる人間がどれほどいるだろうか。さらにはすでに対策に動こうともしている。死にかけたのに、明るく振る舞う。中学生の子供がだ。

「ルミアさん、看病してくれてありがとうございました。これでまた元気に戦えます！」

笑顔でそう言いながら、修太郎はまるで元気に学校へ行く子供のように、部屋の外へと出ていった。バートランドは「じゃあな」と言いながら右手を上げ、後を追うように立ち去った。

一人残されたルミアは神に祈るように手を合わせた。光でも闇でもない、彼女の中にいる善良な神へだ。

「どうか、どうかあの子が無事でいてくれますように……」

プレイヤー存亡のため、ではなく、純な思いからのお祈り。ルミアはそこで、ベッドの温もりがなくなるまで、ずっと祈りを続けた——

睡眠なんていつぶりだろうと、そんなことを考えながら、外に出た修太郎《しゅうたろう》は思いっきり伸びをした。

外は夜の静寂《せいじゃく》が辺りを包んでいた。空には無数の星が煌《きら》めいている。

遠くの丘の輪郭《りんかく》は闇に溶け込み、家々の窓から漏れる温かな光がぽつぽつと点在している。

街灯の柔らかな光が石畳《いしだたみ》の道を照らし、影が長く伸びていた。

貴重な睡眠が取れ、体の調子がいい。

（バートはすぐに目を覚ましたって言っていたけど、なんだか半年くらい寝て過ごしたような気分）

そんなことを考えながら広場に出た修太郎を、魔王達が出迎えた。ベオライトと、小さくなったプニ夫《お》も揃《そろ》っている。

「我々は主様《あるじさま》を守れず、失望させました。配下失格でございます。いかなる処罰も受けます」

開口一番、エルロードが悔しさを噛《か》み殺《ころ》すようにして言った。他の魔王達も一層頭を下げて動かない。月の光を背に、横一列に傅《かしず》きながら主の言葉を待った。魔王達はどんな言葉も受け入れる覚悟があった。自分達の無力さ、そして信頼を裏切ったという事実が重くのしかかっていた。

修太郎が口を開く。

「……きっと皆は自分を責めるだろうと思うからこれだけ先に言っておくね。僕は皆に失望したことなんて一度もないし、これから先もずっとしない」

それは魔王達を気遣ったわけではなく、本心からの言葉であった。ゲーム開始のその日からずっと、修太郎は魔王達によって守られてきたことを自覚している。今この場に立って話せているのは魔王達のお陰《かげ》なのだと。

「僕の隣にはいつだって皆がいてくれた。これって本当に恵まれてることだと思ってるんだ。だってそうでしょ？　皆がいなければ僕はとっくに死んでるもの」

「しかし……」

魔王達の表情には驚きと困惑が入り混じり、深い悔恨《かいこん》の念は消えていない。主の信頼に値するのかという不安は強くなるばかりだった。

「むしろ気絶しちゃった自分に失望してるよ……皆が負けたのは僕がベストを尽くさなかったからだ。まだまだ鍛《きた》えが足りない、皆のプライドも傷付けちゃったし」

残念そうに頭を掻《か》く修太郎。

シルヴィアが控えめにそれを否定する。

「主様は本当に強くなられました」

「うん。皆のおかげでね。でも足りないんだ」

修太郎は優しくそう返すと、わざとらしく瞳《ひとみ》を閉じ、ひと呼吸おき、開いた。

「さて——ここからは反撃だよ」

「！」

一斉に顔を上げる魔王達。

修太郎は皆を見下ろしながら微笑《ほほえ》みかける。

「僕らの強さの底を見たって使徒達は勘違いしてる。それが付け入る隙になる！　だからこれから、僕達は更にその上を行く強さを手に入れればいい」

なにかの根拠に基づいた物言いに聞こえたので、バンピーが遠慮がちに尋ねる。

「策がおありですか？」

「うん。皆が強すぎたから、いままですっかり忘れてたんだけどね——とりあえず場所を移そっか」

＊　　＊　　＊　　＊

魔王達がレジウリアへと降り立つと、住民達は一斉に修太郎の元へ集まってきた。

皆一様に心配するような顔を向けていることに、修太郎はすぐに気が付いた。

「不安にさせてごめんね」

修太郎の身に起こったことをレジウリアの民は知っていた。誰《だれ》かに聞いたわけではない。修太郎が生み出した存在である彼らは運命共同体であり、痛みや苦しみも分かちあっているのだ。

「僕は負けた」

修太郎は皆に聞こえるように続ける。

「これまでやってきたことが全然通用しなかった。慢心はなかったのに、勝てなかった……」

住民達は不安そうな面持《おもも》ちで見上げている。

（ああ、そうか、僕が死んだら皆も――）

感情が揺さぶられる。

慢心がなかった？　いいや違う、そもそも最善を尽くしてなんかいない。魔王達を強化する技も、自分を守る術《すべ》もあったはずなのに。剣の腕で、魔王達を模倣《もほう》した技で、勝てるという自信があったからじゃないかと、修太郎は心の中で自分に活を入れる。

「剣一本でなんでもできるって勘違いしてた。強さは結果、だよね。どれだけ技を磨いても、負けてしまえば意味がない」

僕の命は自分だけのものじゃない。

修太郎は改めて自分の命の価値を認識した。

グッと涙を堪《こら》え、さらに続ける。

「このままじゃ僕達は使徒に勝てない。天使対策に強化したこの国だって、使徒に襲撃されたらどうなるか分からない」

以前修太郎はレジウリアを要塞化したが、使徒と戦い、それが不十分であると結論づけていた。しかし、防衛設備はすでに供給過多な状態にあり、これより上のグレードは存在しない。

つまりもう設備に投資する余地がない。

「だから僕が皆を次の段階に〝進化〟させる」

住民達のざわつく声が広がる。

魔王達も虚《きょ》をつかれたような顔を見せている。

「この中でレベル上限に達した子はいる？」

修太郎の呼びかけに約４０名ほどが手を挙げた。階級による格の差はあれど、上限というのはつまりレベル１２０を指す。

シルヴィアが自信ありげに手を挙げる横で、プニ夫も控えめに手（触手）を伸ばしているのが見える。

（天使と戦う覚悟をしてもらった時は、レベル１２０はベオライトしかいなかった。皆本当によく鍛錬《たんれん》してくれてる）

住民達がひたむきに自己鍛錬に励んできたことが分かる。

修太郎は久しく触っていなかったダンジョンメニューから、追加されたきり一度も使ったことがなかった機能を引っ張り出した。

《覚醒》

一定の条件を満たしたモンスターの成長限界を突破させ、先の存在へと昇格させる。

　これが、使徒を倒すための方法の一つ。

　覚醒の使用には5000万のポイントを必要とするが、現在のダンジョンの総ポイント数は1兆。修太郎にとっては端金《はしたがね》にすぎない。ただ、進化の条件に当てはまるのは〝レベル上限まで成長した個体〟に限定されるため、住人全員には使えない。

　修太郎は真《ま》っ直《す》ぐプニ夫の元まで歩み寄ると、小さな体を両手で持ち上げた。

「この機能が解放された時、最初に君に使おうとしてたよね。懐かしいなぁ」

　プニ夫は同意するようにぷるぷる揺れた。

「これを使って何が起こるかは分からない。もちろん強くはなれるはずだけど、想定してないことが起こるかもしれない。怖かったらやめてもいいんだ」

　今度はそれを否定するように横に揺れる。

　修太郎は小さく微笑んだ。

「君が守ってくれたから、今の僕がある。君は誰よりも勇敢な相棒だよ」

　小さくなったプニ夫を優しく撫《な》でる。

　プニ夫は嬉《うれ》しそうに身を委《ゆだ》ねていた。

「じゃあ、やるね――」

　覚醒の項目を押し、対象をプニ夫［アビス・スライム］へと合わせる。

【対象を覚醒させます　よろしいですか?】

YES／NO

YESをタップした刹那《せつな》、5000万ポイントが注ぎ込まれ、プニ夫の頭上には巨大な本がパラパラ捲《めく》られていくエフェクトが現れた。

プニ夫の体が発光してゆく。

シルエットが少し大きくなってゆく。

そして光が収まった先——そこには銀に近い、白のスライムが揺れていた。

「わぁーー綺麗《きれい》!」

透き通った表面には星屑《ほしくず》のようなキラキラとした何かが光る。修太郎は、まるで広がる雪原の中でオーロラを眺めているようだと、昔映像で見た光景を思い出していた。

修太郎の手に抱かれた白のスライムをまじまじと観察したエルロードは、思わず「まさか……」と呟《つぶや》いた。

「文献でしか見たことのない種類です」

「?　レアってこと?」

「と、いうよりも長い間誰も見たことがありません。空想上の生物と言われています」

プニ夫［ルミナス・スライム］　Lv.120［上限：１５０］

神話生物ｍｏｂ《モブ》図鑑から引用すると——ルミナス・スライムは別名〝原初の個体〟スライム種の始祖と良い伝えられている。その生態はすべて謎に包まれており、空想上の生物としていくつかの物語に登場している。

「すごい、すごいよプニ夫！」

プニ夫の覚醒に感動する修太郎。

進化上限であった五段階よりさらに上、魔王達の一つ下に位置する六段階目の種族に覚醒したプニ夫。レベルの上限は１５０まで引き上げられ、さらに上を目指せるようになっていた。

（生物としての〝制限〟を超越した……？）

心中で戦慄《せんりつ》しながら、エルロードは修太郎と出会った日のことを思い出していた。

修太郎を利用しようと画策したガラスや、殺意を向けていたバンピーに、立場を分からせた合成という技。今でこそ無自覚であると断言できるが、それでも修太郎の力は出会った当初から規格外だった。

覚醒《これ》は、世界の理《ことわり》としてあった成長限界という概念を壊す行為だ。

エルロードは修太郎に頼もしさを覚えるとともに、末恐ろしさも感じていた。

（やはり主様の力は神にも届き得る……）

ベオライト［輝石の騎士］　Lv.121［上限：１５０］

　ベオライトの覚醒も滞りなく完了した。

　覚醒したベオライトの体は、白銀色《しろがねいろ》の美しい金属へと変貌を遂《と》げていた。幾何学模様《きかがくもよう》の描かれたアーモンド形のカイトシールドを持ち、体もひと回り大きくなっている。

「かっこいいー！　すっごく強そうになってるよ!!」

　歓喜の声を上げる修太郎に、ベオライトは少し照れたように俯《うつむ》いている。

　神話生物ｍｏｂ図鑑から引用すると——輝石の騎士は古代都市ムスキアが長年研究し、ついに実現しなかった空想上の守護者である。鉱石から生まれ、鉱石の力で蘇《よみがえ》る。疲れも、痛みも知らず、滅ぶこともない。魔法国家マリョスの賢者達はその古代の知恵を用いて結晶のガーディアンを作ったとされている。

カムイ［陽神竜］　Lv.121［上限：１５０］
セムイ［陰神竜］　Lv.120［上限：１５０］

　神の国モルデアントバレー周辺ｍｏｂ図鑑から引用すると——かつてこの国を創《つく》ったとされる始祖竜ディナは、右眼《みぎめ》から陽神竜を、左眼《ひだりめ》から陰神竜を創り吉兆と災厄の役目を与えたという。

　人々は陽神竜を崇《あが》め、陰神竜を畏怖《いふ》することで神を敬う心、そして恐れる心を培《つちか》ったとされている。

『なぜお前の方がレベルが高いんだ』

『知らん。お前と己《おれ》の能力の差だろう』

『己がお前に劣っていると？』

　などと喧嘩《けんか》しているカムイセムイも、立派な髭《ひげ》とツノが生え、鱗《うろこ》に光沢が表れている。エルロードによって消されたカムイの腕も再生し、以前の痛々しさはなくなっていた。

「喧嘩はやめなさい。主様の前よ」

『申し訳ございませんバンピー様』

『責任を持って己が此奴《こやつ》を黙らせます』

『まだ言うかこの』

「やめなさいと言ったのが聞こえなかったの？」

　意気消沈したように黙り込む赤と青の竜。

　そんな二名の元へ修太郎が歩み寄る。

「見た目もすっごい変化したね！　更にかっこよくなってるよ！」

『光栄です！』

『己に言ったんだ！』

『己だ！』

まるで共食いする蛇のように体を絡ませ喧嘩する二頭。

朝と夜を交互に司《つかさど》る彼らは普段顔を合わせることがほとんどなく、仲も良くないため、こうなることは必然だったのかもしれない。

修太郎は苦笑いを浮かべながら住民達へと視線を移した。

「皆も続いてくれる？」

奇跡を目《ま》の当《あ》たりにした住人達は、大いにやる気を見せ雄叫《おたけ》びを上げた。

「それじゃあ皆もどんどんいくよ！」

掛け声を合図にレベル１２０到達者の覚醒が始まる。４０近い光の塊が形を変え、住民達から歓声にも似たどよめきが起こった。

レジウリア中を膨大なエネルギーが渦巻《うずま》いていく。

光が収まると、そこには姿の変わった住人達が立っていた。

レベルの上限だけでなく格が一段階上がるため、基本的には体が大きく屈強になる者が多かった。そして全員から〝伸び代〟が感じられる。

「万が一使徒が来てもこれなら……！」

レベルだけなら魔王達と同等。国の防衛設備も稼働させればなんとか応戦できる。

（んん？）

ふと、違和感を覚えた修太郎。

覚醒者達のレベルに乖離《かいり》があることに気付いたようだった。

ベオライトは121でプニ夫は120。

この差はなんだろうと辺りを見渡し、覚醒者達のレベルを見ていく。

「120、120、121、125、120……」

おおむね全員が120だったが、ごく稀《まれ》に121以上の者もいる。中でも最もレベルが高かったのは〝125〟で、レジウリアで最初に120に到達し、戦闘指南を行っていた住民であった。

ここから推測するに、120への到達が早いほど覚醒後のレベルが高いということになる。

つまり――

「120に到達後も経験値は貯《た》まるんだ」

ならば何百年も前から120に到達している魔王達はいったいどれほどの経験値が貯まっているのだろうか。

「最後は皆だね」

修太郎は魔王達に向き直ると、微笑みながら右手を前に差し出した。少し困惑する魔王達を見て、修太郎は照れたように頭を掻いた。

「円陣っていうんだっけ。皆で集まって円の形になって、ここに手を重ねるんだ。ごめん、なんかふとやりたくなっちゃってさ。これから使徒を倒そうって雰囲気《ふんいき》が出ていいかなって……」

自分でも唐突だと気付いているのか、遠慮がちに手を戻そうとする修太郎。言い終わるかどうかという所で、白い小さな手が乗せられた。

「こ、こうでしょうか」

「うん。ありがとう」

戸惑いがちに呟くバンピーに頷《うなず》く修太郎。

バンピーの手の上に次々と手が重なってゆき——全員が中央に集まり、静かに手を伸ばしていた。

「士気を高めるための提案、流石《さすが》は主様です」

「一体感の生まれる良い儀式ではないか」

「なんだかむず痒《がゆ》いな……」

「一番上に手を置きたくなる」

「へへッ」

修太郎と魔王の円陣に住民の視線が集まる。

修太郎はゆっくりと皆を見渡し、口を開く。

「僕達は確かに負けた。ほんとは皆にもっとかけるべき言葉があるとも思ってる。でも、なんだか今ワクワクしてるんだ。だってそうだよね、初めて大きな壁にぶつかったんだから」

初めて現れた〝超えるべき壁〟。

修太郎はその存在をありがたく思った。

こうしてまた強くなれるのだから。

「負けを経験したからこそ強くなれる。僕はそう信じてる。今度は絶対に負けない。こんな悔しい気持ちはこれっきりにしよう」

魔王達が頷くと、修太郎は小さくはにかむと——覚醒がはじまった。

エルロード［天魔・魔族王］

「素晴らしい……」

覚醒が終わったエルロードは、見た目の変化はなくいつも通りだが、確実に〝格〟が上がっているのを実感していた。

バンピー［天魔・死族王］

「昔の自分がちっぽけに思えるわ……」

自分の強さを確かめるように両手をグーパーさせていたり、

ガラス［天魔・巨人王］

「血湧く、血湧くぞおおおお！！！」

有り余るエネルギーに歓喜する者もいれば、

シルヴィア［天魔・獣族王］

「はやくこの力を体に馴染《なじ》ませなければ……」

力の大きさに恐れを抱く者もいて、

セオドール［天魔・竜族王］

「…………」

反応は六者六様の中で一人、

バートランド［天魔・妖精王］

「これは……なるほどなァ」

バートランドは何かに気付いていた。

全員の覚醒が無事に終わり、修太郎はホッと胸を撫で下ろす。

「レベルの上限はこれで上げられた。最初から覚醒《これ》に気付いてれば……とも思うけど、たぶんこれでよかったんだ。相手が僕らの強さを誤認したままのほうが都合がいいから」

相手が油断してくれれば好都合。

そう自分を納得させながら、魔王達のレベルを改めて確認してゆく。

エルロード［天魔・魔族王］　Lv.150［上限：１５０］
バンピー［天魔・死族王］　Lv.150［上限：１５０］
ガララス［天魔・巨人王］　Lv.150［上限：１５０］
シルヴィア［天魔・獣族王］　Lv.150［上限：１５０］
セオドール［天魔・竜族王］　Lv.150［上限：１５０］
バートランド［天魔・妖精王］　Lv.150［上限：１５０］

「ちょっと待って、皆もう１５０!?」

一気に上限に到達したレベルを見て修太郎は驚愕《きょうがく》の声を上げた。そうは言っても、全ての経験値が蓄積されているなら、魔王達が生きた時間の長さを考えれば順当な結果とも言える。

これならば――

「これなら使徒に勝てる？」

「…………」

しかし、興奮気味の修太郎とは対照的に、魔王達はもの暗い様子である。

「何かあったの？」

「単刀直入に申し上げます」

代表してバートランドが口を開いた。

「レベルが上がった今の状態なら尚更《なおさら》ハッキリと分かります……これで我々はようやく使徒と同格になりました」

「えっ⁉　じゃあ……」

「恐らく相手側も制限を超えた存在だった、ということでしょう」

レベル１５０になって初めて見えた景色。

使徒達との本当の距離。

それは魔王達全員が同じ見解のようだった。

「現状で勝算はどのくらいあるの？」

「恐らく、ようやく対等。五分五分かと。相手が我々の強さに気付かなければ少しだけ有利ですね」

現段階ではスタートラインに立ったに過ぎない。その上、使徒がまだ手の内を全て見せていないとすれば、分が悪いのは依然としてこちら側だ。

「まだ足りない――」

一か八かの勝負で魔王達に万が一があるといけない。現状で五分五分ならと、修太郎は自分の職業スキルを改めて確認する。

【統率者の檄《げき》】使用者に帰属する配下のステータスを150％上昇させる（効果範囲15ｍ）

【成長補正の極み】配下への経験値量500％上昇

統率者の檄と成長補正の極みは常時発動型《パッシブ》のスキルであるため、修太郎の意思とは関係なく常に魔王達を強くしてくれている。

【生命共有】使用者は最大二体の配下のＬＰ《生命力》と自身のＬＰを共有させることができる

（やっぱりこれを使っていれば致命傷は防げたのかな……いや……）

つまりは互いのダメージも共有されるということ。仮に一人が大負けしていれば、他の二人の戦況も悪くなる、というもの。α《アルファ》との戦いで使わなくて正解だったと修太郎は自分を納得させる（魔王達に聞かれたらそれでも使えと激昂《げっこう》されるだろうが）。

【限界召喚】召喚獣《しょうかんじゅう》の種としての限界を突破させ、進化とレベルの上限を上げる　※成長限界に達した配下にのみ有効

「やっぱりこれが使えれば大きいよね」

もう一つの起死回生の案。それはこの〝限界召喚〟である。

「皆をさらに強くするにはどうすればいいかを考えて、自分の持てる力を全部調べ直したんだ

――そして見つけた。たぶん、この限界召喚が強さの鍵になる」

「限界召喚、ですか？」

「うん。ただこれには一個大きな問題があるんだ」

それは、このスキルが〝召喚獣にしか有効ではない〟という点である。

修太郎の職業はサモナー系のエクストラジョブであるが、魔王達は修太郎が召喚によって呼び出した存在ではない。ダンジョンのスキルで召喚しているプニ夫やレジウリアの住民も、厳密に言えば修太郎の召喚獣とは異《こと》なる存在だ。

つまり、ダンジョンモンスターから召喚獣への変更作業が必要となる。

「特定のものを媒体とした通常の召喚と、魔法石を使ったランダム召喚のどちらにも当てはめられない。元々いる存在を召喚獣にするにはどうしたらいいんだろう……」

ここにきて修太郎は初歩中の初歩である〝召喚士《サモナー》のマニュアル〟というヘルプを読むことになる。レベルを120まで上げ、サモナー系最上位職業に就いている者が召喚士のことをほとんど理解していない、開発者が聞いたら卒倒しそうな事態である。

「元々存在するｍｏｂを召喚獣にしたい場合、あったこれだ！」

修太郎はその項目に注視した。

【召喚士マニュアル：その5】既存のｍｏｂを召喚獣にしたい場合は、まずスキル《交渉術》を使ってｍｏｂの好感度を上げ、その同意を得る必要があります。召喚士と命を分かつ召喚獣は基本的に永続的な契約ですから、テイミング《てなずける》よりも深い信頼度が必要になるでしょう。契約を結ぶ際には、召喚者がそのｍｏｂの背景や特性をよく理解していることが重要となり、召喚獣はかつての自分に戻るチャンスが与えられます。ユニークｍｏｂの場合はイベントが発生する可能性があります。

本来であれば時間を掛けた説得やアイテムを貢《みつ》いだり捕縛などで条件をパスできる場合もあるが、苦楽を共にしてきた魔王達相手に今更交渉は必要ない。

「……ということらしいんだけど」

遠慮がちにそう説明する修太郎に、魔王達は呆気《あっけ》に取られたような顔をしている。

「それァ今までの関係とどう違うんですか？」

「あ、うん、ええと……」

そう聞かれて修太郎はハッと気付く。

「変わらない、かも」

「説明を聞く限りはそう思います。我々の在《あ》り方《かた》が少し変わるだけのようですね」

エルロードの言葉に修太郎は小さく頷く。

既にダンジョンモンスターとして契約状態にある魔王達は、召喚獣と立場はあまり変わらない。召喚という形でいつでも呼び出せると考えれば、むしろ今よりも行動の幅は広がるかもしれない。

「我々の忠義は変わりません。主様と同化できる召喚獣《そっち》のほうがむしろ……」

「成功すればここからもう一段階上を目指せる、か」

体をくねらせるバンピーを尻目に、セオドールはそう呟きながら力強く拳《こぶし》を握った。

「いずれにせよ意思は固まっている」

「すべてを主様に捧《ささ》げた身。在り方が変わっても決意が変わることはありません」

ガラスとシルヴィアに後押しされ、修太郎は《交渉術》を開く。そして魔王達を選択し、召喚獣への変更を行う――はずだった。

【注意！　これより対象との絆を深めるため、対象の最も重要な過去へと遡《さかのぼ》ります。信頼度が低ければ失敗する可能性があります。長い旅路になりますので、十分にプレイ時間を確保したうえで進めることをお勧《すす》めいたします】

警告文を読んだ修太郎の指が止まる。

（これって魔王達《みんな》の過去を疑似体験しないと召喚獣に変更できないってことだよね。マニュアルにあったイベントってこれのことか……）

さらに問題がひとつ。

過去への旅はダンジョン生成の枠外で行われる可能性があり、ダンジョンに属していたセオドールの塔やシルヴィアの門の時みたく、倍速機能が使えない可能性がある――つまり、どれだけ時間がかかるのかが分からない。

「最前線復帰がずっと先になるかもしれない」

現状で使徒と互角なら、さらなる成長がいる。

かと言って攻略を疎《おろそ》かにすることもできない。

あまりにも時間が足りなさすぎる。

「ここで悩んでても埒《らち》があかないよね」

そう一人呟くと、修太郎はアリストラスへと向かっていく。

＊　＊　＊　＊

再び集まったギルドの主要メンバー達。

会議室にはどことなく緊張感が漂っていた。

皆の視線の先には修太郎がいた。

「体調はもういいのかい？」

アルバの言葉に小さく頷きながら、修太郎は口を開いた。

「皆さんにお願いしたいことが三点あります」

会議室内の緊張感がさらに高まる。

皆、彼が次に何を言うのかを理解していたから。

「最前線攻略を一旦中止にさせてください」

やはりか、と、誰かのため息が漏れる。

使徒という新たなる脅威の出現と、人類最強戦力である修太郎の敗走……死にかけた子供が再び立ち直れるかといえばNOであると、多くの者がそう考えていた。

天草《あまくさ》の言っていた代役を立てる時が来た——修太郎が負けた相手のいる場所、つまり〝死地〟に向かわねばならない。

それは自分かもしれない、という不安。

「中止、というと?」

「使徒を倒すための準備に時間がかかるからです。タイムリミットまでの猶予《ゆうよ》がないのは理解していますが、これが必要なんです……」

「事情があると。相分かった」

そう頷くアルバがHiiiiive《ハイヴ》に視線を送ると、俺が言うのかよと言いたげな顔で、ハイヴが答えた。

「代わりの攻略組はもう編成してる。少しでも先を目指さない理由がないからな」

「えっ?」

驚きの声を出す修太郎。

胸を撫で下ろす小規模ギルドの面々。

「別にお前のためじゃない。一人に全部背負わせる方が失敗した時のリスクが高いと思ってたんだ。気にしなくていい」

そっぽを向きながらそう話すハイヴに、ミサキはキョトンとした顔で尋ねる。

「なんだか……いつもと違いますね」

「ハイヴんは子供好きだからねぇ」

「は!?　勝手なこと言ってんじゃねぇよ!!」

Magne《マグネ》の呟きに激昂するハイヴ。

おいツンデレだぞなどとザワつく会議室にキレ散らかすハイヴを尻目に、アルバが内容を補足して話し出す。

「元々エリアのギミックやクエストの調査などの〝詰まる〟場面ごとに協力できる人員は用意していたんだ」

と、呆気に取られる修太郎。

思っていた以上に話が進められていたからだ。

「……最前線はこれまでとは違います。ヴォロデリアさんが守っているとはいえ、天使も使徒もいますから」

その一言で会議室の空気が一瞬重くなる。

意外そうな顔で答えたのはアランだ。

「いや、前と大して変わんないだろ?　むしろ転移がある今のほうが生存率高いんじゃね?」

「戦闘中には使えないけどな」

静かにそう補足するハイヴ。アランは何か閃《ひらめ》いたような顔で続ける。

「広域を《生命感知》して、エリア外から飛来する敵がいたら即転移でいいだろ?」

すでに戦闘中の場合は破綻《はたん》する作戦であるが、ベターではある。しかしその作戦には前提としてとある〝駒〟が必須だ。

（ミサキさんが最前線に……？）

修太郎と目が合うと、ミサキは小さく微笑んだ。反射的になにかを言いかけた修太郎だが、なにも言葉が出てこなかった。ミサキなら、危険を覚悟の上で参加すると想像がついたから。

「ということだ。できる限りのメンバーで臨《のぞ》もうと思っているよ」

そう言って優しく微笑むアルバ。

修太郎を安心させようと努めているようだ。

「……分かりました。よろしくお願いします。どうかくれぐれも気をつけて……」

俯きがちに覇気のない声で呟く修太郎。

しばらく沈黙したのち、向き直る。

「もう一点は、ギルドの撤廃ができないかなと思っています」

「ギルドの撤廃だって？」

反射的にアランがそう聞き返す。

修太郎は力強く頷いてみせた。

「ごめんなさい、撤廃まではしなくてもいいんです。ただ明確な敵がひとり、目指す道はひとつ。ここは全員で志を同じにして臨むべきだと思いませんか？」

「じゃあなにか？　撤廃というより、全員で一個のギルドを作るってか？」

「そういうことです」

修太郎の提案に大勢の唸《うな》る声が響く。

「それは、弱小ギルドの俺らからしたら異論はないけどよ……」

前回の会議にて、空気の読めない発言によって白い目で見られた小規模ギルドのマスターがそう呟いた。男が周りを見渡すと、他のマスター達も小さくコクコク頷いている。

「なるほど、確かにもう必要ないのかも……」

「なんか世界平和みたいでいいね！」

納得するように唸るフラメと、無邪気に笑うマグネ。

皆が同じギルドになれば、こんな仰々《ぎょうぎょう》しい会議など行わなくとも話は皆に伝わるため、手間を減らす目的でも理にかなっていた。同じギルドなら利害もなく、皆が皆のために動くことができる。レベル上げや戦闘訓練も効率的に行えるし、なにより蚊帳《かや》の外ではなくなる。〝後ろめたさ〟が解消される。

「あとはどう説き伏せるかだな」

「必要ねーだろそんなの。ここに各ギルドの代表がいるんなら〝ギルド統合しました！〟の事後報告でいいじゃん」

ハイヴの呟きにアランが反応する。

「じゃあ八岐《うち》がそうなりましたってお前に事後報告したらどうだ？」

「まあムカつくかな」

「お前もうちょっと考えて発言してくれよ……」

各ギルド、規模はどうあれ歴史がある。修太郎は形だけでなく、心で繋《つな》がらなければこの先戦い抜けないと考えていた。

「あの、発言いいかな……」

そう言って遠慮がちに立ち上がったのは小規模ギルドのマスターの男だ。何名かがうんざりした様子でため息を吐《つ》いた。特にマグネは「また文句言うつもりだ」などと冷めた目を向けている。

男は周りを見渡した後、頭を下げた。

「今まで保身のための発言ばかりしてしまい、すみませんでした。どうかうちのギルドも仲間に入れてください」

「それも保身じゃないの？」

「その通りだ」

マグネからの鋭い指摘にしおらしい様子で肩を落としている。

「仲間の安全を確保する責務があって、あんなことを言ってしまった。俺は入れてもらわなくてもいい、仲間達だけは……」

「そういう話じゃないですよ」

男の言葉を遮《さえぎ》る声があった。

顔を向けると、そこには微笑む修太郎がいた。

「これは全プレイヤーが同じギルドに入るということです。むしろ皆が入ってないと困るんです――僕が」

そう続けながら、修太郎は最後のお願いを口にした。

「三つ目は――」

「えっ……!?」

動揺《どうよう》のあまり立ち上がったのはミサキだ。

修太郎の表情は真剣そのものである。

「そんなの絶対にやめたほうがいいですよ！」

「ごめんミサキさん、僕は〝全員救いたい〟と思ってる。できれば使いたくない手なんだけど、考えておかなきゃならない」

「それでも、修太郎さんの身が危ないです！」

狼狽《うろた》えるミサキを見て只事《ただごと》じゃないと理解する面々。しかし修太郎の三つ目のお願いにハテナマークを浮かべてる者がほとんどで、誰かに解説を求めるように目を巡らせている。

「説明してもらうことは可能かな？」

「もちろんできますが、そのためにはまず同じギルドに所属してもらう必要があります。ミサキさんが言うように僕の命にも関わりますから」

そう言って俯く修太郎。

「じゃあ我々のやるべきことは、ギルドの統一と全プレイヤーをそこに所属させることか」

話をまとめるアルバ。

他のメンバーも同意するように頷いている。

「あとは全員をどう集めるか、だな……」

「修太郎さん、お名前を借りてもよろしいですか？」

「あ、はい」

修太郎の同意を得たフラメは、慣れた手つきでメール文書を作成していく。このメールで全プレイヤーに号令をかけるのだ。

「一致団結のためにひと芝居打ってもらいましょうか」

そう言って、フラメは小規模ギルドのマスターに視線を向け、怪しく笑ったのだった。

＊　＊　＊　＊

圧巻の光景に、アルバとフラメは驚きを隠せなかった。

「これ、全員揃ってるんでしょうか……！」

「分からん……が、これだけのプレイヤーで溢《あふ》れているのは久しく見ないな」

「やはり修太郎君に名前を借りたのは正解でしたね」

町を埋め尽くす人、人、人。

修太郎の名前を使って送られたメールによって、引きこもっている者から協調性のない者まで、例外なくほぼ全員を動かした。

集合時間きっかりの今、大都市アリストラスには凄《すさ》まじい数のプレイヤーが集結していた。

「私はこんな場で喋《しゃべ》るなんて無理です……」

「私も同じ。空気に呑《の》まれそう」

黄昏《たそがれ》の冒険者《ぼうけんしゃ》代表のKagone《カゴネ》と白蓮《ビャクレン》がそんなやり取りを交わす最中、プレイヤー達が勝手なことを言い合いしているのが聞こえてくる。

「お願いってなんなんだ？」「攻略で前線に行ったんじゃなかったのかよ」「怪我《けが》したって聞いたけど」「しっ、始まるよ」

ざわめき声が収まってゆき、都市内は不気味なほどに静まり返った。

誰かが生唾《なまつば》を飲み込む音が響く。

壇上に立つ少年に視線が集まった。

「急な呼びかけにもかかわらず集まっていただきありがとうございます。最前線攻略を担当していました、修太郎と申します」

修太郎が名乗ったことで、小さくないどよめきが起こった。人類の希望である〝修太郎〟という名前だけを知っていた者が「あんな小さい子供が……」とショックを受けているようだ。中には「していましたってどういうことだ？」と、過去形で話す修太郎の言葉に疑問を抱く者もいた。

修太郎は大勢の前で、迷いなく頭を下げる。

「ごめんなさい。最後まで進むことができませんでした」

ざわつき声が益々《ますます》大きくなってゆく。

修太郎はゆっくりと頭を上げ、続ける。

「天使の他に、使徒という更に格上の敵が出てきました。僕は使徒を倒せなかった。使徒が倒せないなら……光の神なんて倒せるはずがない」

ここにいる八割以上が、修太郎に任せたらすべて解決すると信じていただけに、まさに希望を絶たれた気分であった。

「どういう意味だ？」「敵前逃亡かよ」「すげー強いんじゃなかったのか？」「このまま死ぬのを待てってことじゃん」「やっぱり子供に任せるべきじゃなかったんだ」「俺に良い固有スキルがあれば倒してやれたのに」

方々から言いたい放題の群衆達に対し、ルミアは下唇《したくちびる》を嚙《か》み締《し》め、悔しさに耐えていた。この期に及《およ》んで引きこもりを続ける者に期待はしていなかったが、弱みを見せた者にこぞって石を投げるのはいかがなものかと。

修太郎から一歩引いたところで並ぶ魔王達は顔色ひとつ変えず動かない。ルミアはその中にバートランドを見つけ、ハッと我に返る。

〝強くなればなるほど周りの目というものは変わる。畏怖、期待、嫉妬《しっと》、尊敬――ご自身に向けられた感情を受け止めたうえで、黙っている。平等に接する。この方はそういうお方だ〟

修太郎も批判を受け入れるように動かない。

愚直に皆を救うことだけを考えているからだ。

その姿を見て、ルミアは涙が出そうになるのを必死に止めた。

〝そんなこと主様はすべて承知の上で最前線に向かったんだ。強いも弱いも、善悪も関係なく、皆を守るってなァ〟

(修太郎君……!)

非難されても、想いが伝わってなくても、同情を買うことはしない。報われなくても、修太郎が彼らを見捨てる気はないからだ。

だから——と、修太郎は続ける。

「僕らが強くなるまでの時間をください。使徒だけじゃなく、光の神を倒せるくらいに力をつけたい」

「じゃあその間の攻略って誰が……」

そう呟いた誰かは、言葉を止めて押し黙る。

修太郎の代役などおいそれと立候補できるはずがない。そもそも最前線を目指すことに旨《うま》みがなく、天使が蔓延《はびこ》る今の最前線に挑むのは自殺行為としか思えない。人類の存亡を背負うプレッシャーもあるし、失敗すれば今のように非難されるのだから。

先ほどまで威勢の良かった群衆達が黙り込む。辺りがしんと静まり返った。

「なら選手交代だな」

活発そうな少年の声が響き渡る。

群衆をかき分け歩み出たのはショウキチだった。

「へへ。ようやく俺の出番だぜ」

と、ショウキチは得意げに鼻の下を指でこすった。

「なに格好つけてるのよ。しかもショウキチはお留守番って決まったばかりでしょー」

「え？　留守番ってまじ？」

「火力担当は定員いっぱいなんだってよ」

そう言って歩み出るケットル、そして誠《マコト》。

続いてバーバラ、キョウコも前に出る。

「今度はこっちが格好つける番だね」

「いつでも準備万端ですよ！」

ラオと怜蘭《レイラン》、紋章《もんしょう》、黄昏の冒険者、八岐《ヤマタ》のメンバー達もやって来た。群衆達が譲るように道を開け、修太郎の下に顔馴染《かおなじ》みのメンバーが勢揃《せいぞろ》いするような図となっていた。

キッカケは会議の際の天草の発言。

言い方に問題はあったが、修太郎を休ませる必要はあるという強い要望を受け（主にミサキ、アルバ、白蓮など）、予《あらかじ》め有力なメンバーを募って攻略組を編成していたのだった。

出揃《でそろ》ったタイミングを見てアルバが前に出る。

「攻略メンバーは三パーティの一レイド合計１８名。各パーティのリーダーは私、ハイヴ、そしてワタルが担当する」

そして錚々《そうそう》たるメンバーが発表されていく。
盾役《タンク》：ワタル、ラオ、誠
回復役《ヒーラー》：Towa《トワ》、バーバラ、葵《あおい》
攻撃役《アタッカー》：プニ夫、アラン、アルバ、天草、ハイヴ、ヨリツラ、怜蘭、K《ケイ》、黒犬《くろいぬ》、キジマ、ミサキ、白蓮、舞舞《マイマイ》、他……

修太郎を除けば間違いなく、プレイヤーの最大戦力が集まっていた。

「ちょっと待てよ！　じゃあ都市の防衛は誰がするんだよ!?」

群衆の男がヒステリックな声をあげる。

修太郎が離脱した上に、プレイヤーの戦力の上澄み達が最前線に消えたら誰が弱者を守るのか。どこまでも自己中心的な意見にも、少なくない賛同の声が同調した。

「都市の防衛は我々が指揮を執ります」

続いてフラメが前に出た。

防衛メンバーにはフラメ、ショウキチ、ケットル、キョウコをはじめテリア、春《はる》カナタ、カゴネ、種子田《たねだ》達の姿もあった。

「プニ夫、ベオライト」

修太郎は信頼できる側近達に視線を向けた。

プニ夫は元気そうにポヨヨンと跳ね、ベオライトは騎士のようにビシッと姿勢を正した。

「ベオライトには引き続きアリストラスの防衛を任せたい。僕らもいないし、攻略組もいないから前よりもかなり手薄になると思う。今まで以上に大変だと思うけど、お願いね」

ベオライトは自信ありげに頷いた。

修太郎も小さく頷き、プニ夫へと視線を移す。

「プニ夫には攻略組の手伝いを任せたい。プニ夫も死にかけた場所だし、迷ったんだけど――」

そこまで言いかけた所で、プニ夫が胸の中に飛び込んできた。にょきにょきと腕を生やして力こぶを作ってみせている。

「やってくれる？」

プニ夫は同意するようにぷるぷると揺れた。

「ふふ……いつも心強いよ。ミサキさん達を守ってあげてね」

プニ夫はぷるぷるして喜んだ。

それを見ていた男はなおも食い下がる。

「き、教会の見回りはやめるのかよ」

フラメは全く動じずそれに答えていく。

「もちろんメンバーを入れ替えて配置します」

教会監視メンバーはキャンディーやガルボ、そしてマグネ達が請《う》け負《お》うことに決定している。

彼らは全て修太郎が倒れた後に駆け付けたメンバーだ。

「じゃあいい、のか？」「戦力は散ってるわけでしょ？　よくはないけど、これが最善手じゃない？」「安全っぽいならなんでもいいや」

　ざわつく群衆達。

　代替案もないからと皆が納得していく中で、先ほどの男が吐き捨てるように言った。

「結局上位ギルドが勝手に決めて終わりかよ。今後も俺達は蚊帳の外ってことか」

　群衆達の視線が修太郎に集まる。

　この問題にどう決着をつけるのかと、期待するような目を向けていた。

「なら、僕からの提案ですが――その垣根を壊しませんか？」

　修太郎の言葉に群衆達の声が止《や》む。

「僕は《皇竜トルガノの墓》までのルート、およびクエストアイテムを持っています。ワタルさん達は《ミダン結晶塔》までのルートが、有名ギルドには潤沢《じゅんたく》な資金やアイテムがある――これを一つにまとめませんか。過去のしがらみは捨てて、一つの目的に集中しませんか」

　再びざわつく群衆達。

　特に弱小ギルドの面々や無所属のプレイヤーは、なにもせずに強力な味方と高品質な装備品を手に入れられるチャンスである。それに最もネックである最前線・町の防衛メンバーもすでに決まっているため、身の安全も確保されたようなもの。断る理由がない。

「もうギルド同士の権力争いとかしてる場合じゃないです。過去の実績も、未来の功績も、全部共有すればいい。皆が一緒になれば、皆本当の意味で仲間になれる。そうすれば戦いに集中できる」

壇上から降り、広場の中央に立つ修太郎。

皆の視線が一気に集まる。

修太郎は声を張り上げ宣言する。

「敵は、僕達を騙《だま》し、この世界に閉じ込めた！　僕らの大切な人達の命を弄《もてあそ》んだ！　共通の敵は光の神、そうでしょう？」

そうだ！　と、誰かが叫ぶ。

ポツポツと控えめに同調の声があがりだす。

ミサキは祈るように手を合わせた。

「現実世界の友人や家族にまで危険が迫ってる！　こんな奴らを世に放ってはいけない！　それを止められるのはここにいる僕らだけ、そうだよね！」

そうだ！　と、大勢の声が響く。

群衆達の声が町全体に轟《とどろ》いている。

修太郎は白い剣を抜き放ち天へと掲《かか》げる。

それに倣うようにアルバが、ハイヴが、白蓮が、自らの武器を掲げた。

「今もなお僕らを分断しようとしている！　彼らは知らない、人間の絆はこの程度で揺るぎはしない！　結束した僕らに不可能はない！」

そうだ！　と、群衆が叫ぶように答える。

場の空気は一変していた。

地鳴りと共に雄叫《おたけ》びが上がる。

びりびりと空気が震《ふる》え、建物が揺れる。

武器を掲げる者もいれば、拳を突き上げる者もいて、皆の興奮がおさまらない。

ひとつ言えることは――今この瞬間をもって、プレイヤー達が結束したということ。

（まさか本当に束ねるとは……！）

ワタル以上のカリスマ性を見せ、群衆達の心を動かした修太郎の檄《げき》に、アルバは鳥肌が立っていた。

ｅｔｅｒｎｉｔｙ《エタニティ》が始まって以来、初めてプレイヤー全員がひとつのギルドに所属した。全員が心で繋がり、全員で脱出を目指すギルド。

皆が同じ方向を向いた瞬間であった。

＊　＊　＊　＊

絆《きずな》ギルド――

修太郎が名付けたそのギルドには、すでに全体の８８％近くのプレイヤーが加入し終わった。

この調子でいけばほんの数分後にはほとんど全てのプレイヤーの加入が完了するだろう。

「お疲れ様、素晴らしい演説でした」

そう言って修太郎を労《ねぎら》うフラメ。

修太郎は照れた様子で頭を掻いた。

「こんなに上手《うま》くいくとは思ってなかったけど……きっと皆月《ミナツキ》さんのおかげです」

「お、俺は別に……」

口籠《くちご》るその男は、会議室で何度も悪目立ちをした小規模ギルドのマスターであった。

『皆の気持ちを誘導する役目をお願いしたいです』

修太郎の演説に横槍《よこやり》を入れていた声は、全て彼によるもの。

会議後にフラメからそう告げられた彼は、修太郎にヤジを飛ばすことで、群衆達の意見が分散するのを防ぐ役目を担っていた。

「まぁなんだ、役に立ててよかったよ」

「完璧でしたよ皆月さん！　本当にありがとうございました！」

そう言って微笑む修太郎。皆月は鼻の下を指で擦って照れ臭そうにしてみせた。

「もう行くのか？」

踵《きびす》を返《かえ》す修太郎にアルバが声をかける。

「はい、できるだけ早く出発したいので」

「そうか。くれぐれも気を付けてな」

「はい。皆さんもどうか、無理はしないで」

アルバ達に挨拶したのち、修太郎は攻略組の面々に声をかける。

「よう修太郎。全部終わったら手合わせお願いしてもいいか？」

「勝負になるわけないわ。でも面白そう、私もお願いしてもいい？」

そう言って微笑みかけてくるラオと怜蘭にもちろんと答えると、近くにいた誠とバーバラも嬉しそうに笑った。

「また一緒に冒険もしたいわね」

「全部終われば、きっとできますよね」

「おう。ショウキチも楽しみにしてたしな」

しばらく談笑していると、修太郎の名前を呼ぶ声がした。

「舞舞さん！　舞舞さんも最前線に？」

「ええそうよ。アタシ、皆の役に立ちたいの」

「すごく心強いです。でもどうか無理しないでくださいね」

修太郎に心配され頬《ほお》を染める舞舞。

キャラが違うぞとアランにヤジられ飛びかかり、入れ違うような形でミサキがやって来た。

修太郎は少し寂《さび》しげな顔を見せる。

「ミサキさん、行くんだね」

「はい。精一杯お役に立ってきますね」

優しく微笑むミサキ。

少しの不安も見せない彼女に強い覚悟を感じ、心配するのも失礼だと、修太郎は笑顔で向き直る。

「お土産《みやげ》話、楽しみにしておきますね」

そう言って握手を交わす二人。手を伝って移動したプニ夫は、ミサキの肩に乗りぷるぷる揺れていた。離した手をミサキは名残《なごり》惜《お》しそうに撫でた。

不機嫌そうな顔でバンピーがずいと前に出る。

「気を抜かないことね。相手は本当に危険だから」

「心配してくれてありがとう。重々理解してるつもりだから、大丈夫」

「そう。じゃあ、気をつけてね……」

「！」

バンピーからの抱擁《ほうよう》に一瞬驚いたミサキは、優しい顔で抱きしめ返した。小さな声で行ってきますと呟き、ゆっくりと離れる。

「それじゃあ頼んだよ」

そう言って修太郎と魔王達は溶けるように消えた。最前線組もまた、隊列を組んでアリストラスから転移で飛んでいくのであった。

＊　＊　＊　＊

レジウリアに戻ってきた修太郎達。

これから魔王達の過去と向き合い、限界召喚の条件を満たすための旅が始まる。

「じゃあ誰から行く？」

そう尋ねる修太郎に対し、いの一番に反応したのはバートランドだった。

「それじゃあ下っ端の俺からにしますかァ」

煙草《たばこ》の煙を吐きながら名乗り出るバートランド。他の魔王も特に異論はないようで、バートランドから順次という形になった。

【注意！　これより対象との絆を深めるため、対象の最も重要な過去へと遡ります。信頼度が低ければ失敗する可能性があります。長い旅路になりますので、十分にプレイ時間を確保したうえで進めることをお勧めいたします】

ここからどのくらいの時間が必要なのか分からない——が、なんにせよ準備は整った。

「それじゃあ、行こう」

修太郎の言葉に頷くバートランド。

修太郎が何かを操作した刹那、二人の体はまるで人形になったかのように全く動かなくなった。

「無事出発できたのでしょうか？」

神妙《しんみよう》な面持ちでそう呟くエルロード。

「魂の気配がない、旅立ったようだな」

耳を動かしながらシルヴィアが答える。

「主様……」

心配そうに呟くバンピーの声を遥《はる》か遠くに感じながら、修太郎は混濁《こんだく》した意識の中で、目を覚ました。

Chapter04: 第4話

「いやー仲良くできる気がせえへんな！」

がははとヨリツラの笑い声が響く。

集合場所であるオルスロット修道院前には錚々《そうそう》たる顔ぶれが並んでいた。

「過去を蒸し返すつもりはないが信用に足る働きを期待している」

「それを蒸し返してるって言うんだよ！　ちょっと死にかけたぐらいでいつまでその話してんだよ、相変わらず頭のかてぇおっさんだな」

牽制《けんせい》しあっているのはアルバと黒犬《くろいぬ》。二人には過去に確執があった。

最初の侵攻《しんこう》で、紋章《もんしょう》ギルドがゴブリンの群れからアリストラスを防衛していた際、アルバを後ろから刺したのがこの黒犬である。

「もちろん過去は過去だ、脱獄後の働きも耳にしている。今は仲間として信頼したい」

「信頼とかどうでもいいし、俺は俺の仕事をするだけよ」

歩み寄ろうとするアルバを突っぱねる黒犬。

キジマはそれを見てケタケタと笑っている。

「おいおいこんなんで連携《れんけい》うまくいくのかよ」

「これは盾役《タンク》の指示がキモになりそうね」

「っておい、あんまりプレッシャーかけないでくれよ……」

などとやり取りするのは誠《マコト》とバーバラだ。

二人は経験豊富なタンクと、貴重な回復役《ヒーラー》として選出されており、ショウキチ、ケットル、キョウコは留守番組となっていた。

「大丈夫。このパーティは私が全力で守るから」

「守るのは俺の役目な？　でもまぁ、心強いわ」

「ふふふ、なんか素直じゃない」

アルバ達とは対照的に和やかなムードである。

連携の取りやすさや互いをよく知る方が都合がいいからと、元々同じ組織、同じパーティだった面々はなるべく行動をともにしている。

「さっすがはHiiiiive《ハイヴ》ちゃんの組織。八岐《ヤマタ》のメンバーが五人も入ってるとは、やっぱウチは精鋭揃いやなぁ」

「ねぇ、昔のNo．3が戻ったら順位どうなるの？」

「順位とかはもう関係ねーだろ、ギルドももうないんだし」

軽薄そうに笑うヨリツラを見ながら嫌そうな顔で尋ねる舞舞《マイマイ》。アランが鼻をほじりながら適当に答えると、ハイヴは額《ひたい》に手を当てため息を吐《つ》く。

「なかなか面倒くさい旅になりそうだな……」

「はい」

「おめーが一番面倒だけどな」

「いいえ」

「こんな状況でもロールプレイ《RP》貫くたぁ大したもんだぜ全く……」

ハイヴの隣で無表情を貫くのは、オレンジ色のショートヘアが目立つ女性プレイヤー、八岐のNo．5Towa《トワ》。

β《ベータ》版では一秒あたりの回復量《HPS》の最高値を叩《たた》き出《だ》したeternity《エタニティ》屈指のヒーラーであるが、彼女にはこだわりともいえる鉄の掟《おきて》があった。

それは〝はい〟か〝いいえ〟しか喋《しゃべ》らない、ということ。

ゲームの主人公をリスペクトしているということらしいのだが、驚くべきはデスゲームになってもなお、その縛りを解かなかったことだ。

普通に話す彼女を未《いま》だ誰《だれ》も見たことはない。

（これに加えて犯罪者ブラザーズ《キジマと黒犬》の世話とか、治安悪ぃな俺のチーム）

と、ハイヴは出発前から頭を悩ませていた。

「ちょっと見ない間に出世したなぁ天草《あまくさ》」

「ギルド統一で単なる戦闘員に戻ったけどな」

機嫌良さそうなK《ケイ》と機嫌が悪そうな天草。

二人もギルド方針に関して何度も衝突した過去があり、紋章では犬猿の仲として有名だ。

「お前にギルドを私物化されるより全然いいよ」

「俺がいつギルドを私物化したって?」

「おいやめないか。これから最前線だというのに……」

いがみ合う二人を見てため息を吐くアルバ。

優秀な戦闘員として攻略組に選出されたメンバーではあるが、互いに仲が悪かったり、顔合わせ自体初めての人も多かった。

「ギルドマスターやリーダー経験者を多めに選出してるのはこの辺が理由っぽいね」

顎《あご》に手を当てながら冷静にそう呟《つぶや》く怜蘭《レイラン》。

ラオは横にいる白蓮《ビャクレン》にチラチラ視線を送る。

「そーそー！　こういう場を収めてこそのギルマスだよな」

「私は無理。そんな統率力ないし、皆で仕切りだしたらレイドが崩壊しちゃうよ」

はっきりとした口調で言い切る白蓮。

調律者という立場ではなく、マップ開拓のために呼ばれたと考えている白蓮は、この場を収めるつもりはさらさらないといった様子であった。自分より他に適任がいるからと、その視線をワタルに移す。

ワタルは少し離れた場所でミサキと並んで立っていた。

「遭遇するかは分かりませんが、修太郎《しゅうたろう》君が負けるほどの相手というのは想像がつきませんね」

そう言って苦笑を浮かべるワタル。

その横でプニ夫《お》をもちもち動かしながら、ミサキも少し不安げな表情を浮かべていた。

「出会わないことを願ってますが……でも私達が時間を稼げれば、修太郎さん達はその間にもっと強くなってくれてるはず、ですよね？」

「もちろん。我々にはそういう役目もあります」

言葉を濁すでもなく、ワタルははっきりとそう伝えた。

そういう役割、というのはつまり〝命をかけた時間稼ぎ〟を指している。

修太郎が勝てなかった相手とまともに勝負できるほど自惚《うぬぼ》れてはいない。しかし、万が一遭遇すれば戦うことになるだろう。

そのために都市防衛には〝その後の指揮〟を任せられるフラメをはじめとしたメンバーを残してあるのだから。

プニ夫がミサキの顔をむにむにと揉《も》みしだき〝気合いを入れろ〟と促すと、ミサキはハッとして大きく頷《うなず》いた。

「きっと大丈夫です。プニ夫ちゃんも来てくれましたし、ヴォロデリアさんも見守ってくれていますから。元々の役目を果たすことだけに集中しましょう」

かくして、統率もなにもないようなメンバー達による攻略組が結成された。当面の目標は、ワタル達が訪れたミダン結晶塔までの道を全て開拓することだ。

「――では、そろそろ出発しましょうか」

ワタルの掛け声で全員が雑談を止《や》める。ミサキは皆の顔つきが変わるのを感じ取っていた。警戒して当然である。なぜならこれから攻略するのは、修太郎が襲撃に遭《あ》った皇竜トルガノの墓なのだから。

＊　＊　＊　＊

皇竜トルガノの墓へと転移した一行。

全員が降り立つや否《いな》や、巨大な骨を止まり木にしていたジェネラル・ワイバーンの群れが空へと飛び立ち、獲物を狙うように旋回を始めた。

「各班のタンクは一匹も漏らさず敵視《ヘイト》の管理を！」

ワタルの掛け声にラオと誠が反応する。

散っていた翼竜《よくりゅう》達がタンク目掛けて急降下すると、歩み出たワタルが盾を空へと掲《かか》げた。

ギィン！　という金属音にも似た甲高い音が響くと同時に、翼竜達が空中で弾かれた。翼竜達は目をチカチカさせ方向感覚が狂ったように高度を下げていっている。

（敵視の管理つっても……）

（一人でどうにでもなるじゃんよ）

誠とラオは呆《あき》れたようにワタルを見た。

何らかの防御スキルを使ったのかと分析する二人の横で、今度はミサキに抱かれたプニ夫の前に魔法陣が現れた！

空に現れたのは巨大な紫色の渦《うず》だった。

渦の近くを飛んでいた翼竜が一瞬にして消える――いや、消えたように見えたそれは、凄《すさ》まじい速度による急速落下であった。

凄まじい重力が翼竜達を襲う。

プレイヤー達は何が起こってるのか理解できずにいた。

ズガンズガンと隕石《いんせき》のように落下していく翼竜。なおもプニ夫の魔法は猛威を振るい、空にいた全ての翼竜はハエ叩きされた虫のように地上へ叩き落とされた。

「攻撃隊！」

ワタルの声を合図に、呆気《あっけ》に取られていた攻撃隊が一斉にスキルを展開する。避ける術《すべ》を持たない翼竜達は無抵抗のまま絶命していった。

「すげ……」

「キミらだけで最後まで進めるんちゃう？」

戦闘――ではなく、蹂躙《じゅうりん》。

「進みましょう」

消えていく翼竜達には目もくれず、ワタルは先導しながら先を急いだ。

＊　＊　＊　＊

頭蓋骨《ずがいこつ》の内部は上へと昇る幅広の螺旋《らせん》階段のような形となっていた。エリア構造でいえば、シオラ大塔やミダン結晶塔に近い。

「さて、仕事だね」

そう言って前へと歩み出す白蓮の瞳《ひとみ》が光を帯び、エリアの全体像をマッピングしていく。その隣ではミサキが生命感知によってｍｏｂ《モブ》をマーキングしていき、一瞬にして完璧な攻略地図が全員に配布された。

「いやぁめちゃくちゃ便利やなこれ！」

「うちはこんな便利屋がいないのにレベルのアドバンテージにかまけて雑に攻略してたのね……今思うとただの情報弱者《情弱》ね。競い合ってたのが馬鹿みたい」

歓喜の声を上げるヨリツラと、呆れたような声を漏らす舞舞。ＲＰＧにおけるマップの重要性を改めて思い知っていた。

「まずは迅速にクリアして先に進みます。進める限りは止まらない。我々の目的はそれだけです」

ワタルの言葉に他のメンバーも頷いた。

大勢が階段を駆け上がる足音がエリア内に響くと、ミサキの生命感知に夥《おびただ》しい数の反応が表れた！

「敵来ます！　数はおよそ３０！」

現れたのは石像のような質感の翼竜の大群。

動きの速さはそれほどではないものの、それぞれが三叉《みつまた》の槍《やり》を持っており、大半のメンバーが知能の高さを警戒する。

ストーン・ワイバーン　Lv.50
皇竜トルガノの墓周辺ｍｏｂ図鑑から引用すると――ストーン・ワイバーンは鉱石を好んで食べる習性から硬い石の体を手に入れたと言われている。道具を使って効率的に狩りをする知能を持ち、狩った獲物は食べずに戦利品として飾る。

「距離があるうちに先制攻撃で削るぞ！」

「詠唱入ります！」

「《貫く流星の矢《シューティング・ティア》》」

詠唱の無いミサキが先行して矢を放つ。

放たれた無数の矢が石の翼を貫き、ストーン・ワイバーンはバランスを崩し落下、連鎖するように何匹かが落下すると、それを待っていたかのように現れた魔法の蛇が、大口を開け丸呑《まるの》みにした！

「《喰らう蛇座の唄《Devour of Serpent》》」

白蓮が杖《つえ》を振るうと、ゴシャという音と共に圧殺されるストーン・ワイバーン。仲間がやられ興奮する残りのストーン・ワイバーンは、大きく数を減らした状態で一行に襲いかか——ろうとしたその刹那《せつな》、礫《つぶて》の魔法によって全身を貫かれ全ての個体が死滅した。

「この辺はまだまだ余裕ね」

そう言って杖をしまう舞舞。もはや準備運動にすらならない様子だ。

近接アタッカーの出番もなくあっさりと戦闘が終わった。これから先、しばらくは一方的な戦闘になるだろうと、ワタルはメンバーに頼もしさを覚えていた。

そしてワタルの予想通りに攻略は進む。

「次、三時の方向から四体！」

奇襲をかける敵は全てミサキに見透かされ、遠距離攻撃によって近付くことさえ許されず撃ち落とされていく。

「ほんなら次の道は赤い床だけ踏んで進もうか」

ヨリツラの観察眼でギミックも看破《かんぱ》し、

「蟻《あり》一匹通さねぇ！」

誠達タンクがチームに安定感をもたらし、

「一気に畳み掛ける！」

アルバ達アタッカー陣の火力もあって、攻略はスムーズに進んでいった。それは、エリアの最深部に到達するまで、ヒーラーに仕事が回ってこないほどであった。

「あっさりボスか」

「適正レベルを考えたら妥当でしょう」

退屈そうに呟くアランに、ワタルは淡々とした様子で返す。牢獄《ろうごく》を抜けたメンバーだけでも十分に攻略できるレベル帯なだけに、今は過剰戦力といっていい。

対峙《たいじ》するはトグロを巻くようにして眠る竜。

竜は侵入者の気配に気付き、ゆっくりと体を起こした。

《boss mob：皇竜トルガノ　Lv.60》

頭蓋骨の頂上に位置するフィールドに待ち構えていた巨大な竜。骨の形から同一の種族と推測できる。

「なんでトルガノの墓の骨の頂上に本人がいるんだ？」

「そこ気になる？」

「いやいや気になるでしょ」

などと言い合うラオと怜蘭。

名前も同じとなれば何か理由がありそうだ。

「そらトルガノはいわゆる〝不死鳥〟と同じ特性を持っとるからやな」

などと得意げに語り出すヨリツラ。

その横を舞舞が呆れた顔で通過する。

「根拠《ソース》なし、解散」

「冷たッ！」

「いや待て、確かにどこかで聞いたことがある」

そう言ってアルバは何かを思い出そうと唸《うな》っているが、有益な情報に辿《たど》り着《つ》けない。

トルガノには不死身という特性がある。

〝墓のボスがトルガノ自身〟であることが、察しのいい者へのヒントとなるだろう。

そして、不死であるトルガノはとある条件を満たさない限り倒せないという凶悪な性能を持っていた。そう、持っていた。

「わっ！」

ミサキの腕から飛び出したプニ夫が、体を巨大化させトルガノを包み込んだのだ。トルガノは内側から激しく抵抗するが、プニ夫の腹がボコボコと突き出るだけだった。

ポカンと見つめるメンバー達。

トルガノはなす術なくゆっくりと溶かされていく。

不死身の条件は遺体が残っていることが前提となるが、溶けてしまえば何も残らない。たとえ強力なスキルを持っていたとしても、純然たるステータスの暴力の前には全て無力だ。

程なくして、トルガノのLP《生命力》が爆散した。

これでエリアクリアとなる。

「俺達ってもしかして邪魔なだけ？」

自信を喪失しながら呟く誠。

目の前では体を変形させたプニ夫が嬉《うれ》しそうに揺れている。

「下手に我々が戦うよりも、任せてしまった方が早いかもしれませんね」

ワタルも苦笑いを浮かべつつ、開かれた道の方へと視線を向けた。

「では、この調子で進みましょう」

＊　＊　＊　＊

破竹《はちく》の勢いで進む一行。

次のナルタト皇国は、絶対の権力者であり不死身の力を持つ男が皇帝と呼ばれていた。

皇帝はかつて皇竜トルガノの血を飲んだことでその体を手に入れており、すでに何世紀もの間皇帝の座から降りたことがないのだという。

そんな皇帝に、ハイヴが〝揺さぶり〟をかけたことでクエストが発生、アッサリと次のエリアへの道が開かれた。

『こっちには不死身の皇竜を殺した仲間がいるんだぞ？』

この脅しが決定打となったようだ。

さらに進んだ先にあるニールパーチ湿地帯でも息のあった連携と、プニ夫という圧倒的なアドバンテージによって難なくクリア。

続くヌファ修道院へと辿り着いた。

「修道院か」

「ならｍｏｂはもう来ないな。一旦この辺で休もーぜ？」

そう言ってしゃがみ込む黒犬とキジマ。

他のメンバーは体力の消耗《しょうもう》こそしていないが、常に周りを警戒しなければならないという気疲れのようなものは感じていた。

「休むか？」

ワタルにそう尋ねるアルバ。

ワタルの表情は険しく曇《くも》っている。

「駄目です」

「おいおいなんだよケチくせーな！」

「過労で死んだらどう責任とんだよ！」

などとブーイングする二人に対し、ワタルは毅然《きぜん》とした態度で続ける。

「使徒と天使を警戒している以上、この場所で長居するのは避けたいからです」

そう言ってワタルは視線を建物へと向けた。

広い草原の中央に荘厳な佇《たたず》まいの建物がひとつ、遠くからは讃美歌《さんびか》のような音が流れている。

「私もさっさと進むに賛成。天使絡みで危ない思いするのはもうこりごり。というか、休みたいならナルタト皇国で挙手すればよかったのに」

と、呆れたようにため息を吐く舞舞。

過去に天使に洗脳されたプレイヤーによって殺されかけた彼女からすれば、教会や修道院は最も忌避《きひ》したい場所でもあった。

それに食ってかかるのは黒犬達だ。

「俺達は入れねぇーつってんだろ！　人の心ないのか!?」

「人の心があったら人殺しなんてしないわ」

「…………」

若干名の傷も抉《えぐ》っていることに気付いていない様子の舞舞。そんなやり取りをしながら、一行はヌファ修道院には寄らずに次のエリアへと向かうこととなった。

（それにしてもこういう場所、本当に色々な所にあるなぁ）

などと、プニ夫を撫《な》でながらそんなことを考えていたミサキは、ふと、修道院の扉が重そうな音を立てて開いていくのに気が付いた。

「え……？」

中から一人のシスターが出てきている。

ミサキ以外まだ誰も気が付いてない様子だ。

シスターは悠然と歩きながら扉の前まで来て、止まった。俯《うつむ》いて顔がよく見えない。

それからぴくりとも動かないシスターに対し、ミサキは漠然《ばくぜん》とした恐怖を覚えていた。

（いままで気にしてなかっただけ、だよね？）

なにしろ今はそんなことを考えている場合ではない。ミサキは視線を戻し、気にせず先を急いだ。

＊　＊　＊　＊

ネビア大迷宮――
古代文明の遺跡を基にした恐ろしく危険な巨大迷宮。その内部は複雑に入り組んだ通路や部屋、命を奪う仕掛けで満ちている。迷宮は古代の魔力により生きており、絶《た》えず変動し、一度通った道も再訪時には全く異なる危険地帯へと変貌する。

セルー地下迷宮よりも大規模な迷路、というのがミサキの第一印象だった。足元から生えた薄緑色の結晶が光源となっており、それがかなりの明度を誇る。肉眼で敵を見落とす心配はなさそうだとミサキは心の中でそう思った。

「マップはこれで完了。今回は構造が変わるみたいだから、私もその都度対応するよ」

白蓮の言葉に皆が頷く。

ミサキの生命感知にも不審な点はナシ。

一行はゆっくりとした足取りで歩き始める。

「九時の方向から二体！」

ミサキの指示に全員が素早く反応し、やや狭い道をタンク三人が塞《ふさ》ぐ形で構えを取った。

道の奥からは獣《けもの》の息遣いが聞こえてくる。

ベノモス　Lv.61

ネビア大迷宮周辺ｍｏｂ図鑑から引用すると――ベノモスはタコのような吸盤の付いた恐るべき獣だ。口からは返しのついたギザギザの針を出し、相手から養分を吸い取ってしまう。まるで蜘蛛《くも》のように壁をつたって走ってくるベノモス――の、頭が撃ち抜かれ、二体の遺体が地面に転がり消えていく。

「今の所タンクの出る幕なしだな」

そう言って、天草は弓の弦《つる》から手を外す。

攻略はスムーズに進んでいる。

誰もがそう思っていた。

＊　＊　＊　＊

「あれ、行き止まりかな？」

道の先を見る限り、Ｋの言葉通り壁に囲まれていて進めそうにない。

「正面の壁を手で触ってみて」

すかさず白蓮がそれに答えると、Ｋはそのまま壁に手をかざし――難なく通過した。どうやら壁の映像だけを見せたフェイクのようだ。

「うーわこれ偽《にせ》の壁かよ」

などと言いながらスカスカと壁を行き来するＫ。

構造の変動もあり、偽の壁まである。

間違った道を選べば戻ることも至難の業《わざ》。

目で得た情報はもはや頼りにならない。

「この偽壁はマップ上で表示されてないのか？」

「ええ。ここに壁はないことになってるわ」

「こりゃ初見殺しもいい所じゃねぇか……」

頼りになるのは白蓮のスキルだけ。

彼女がいなければ今頃立ち往生していただろう、逆に彼女がいる限り、マップの構造は苦にならないともいえる。

そんな強力なナビゲーターを携えた一向に止まる気配はなく、戦闘で躓《つまず》くこともなく、エリアを1／4ほど来たところまで到達した——その時だった。

「！」

びくんと体を揺らすミサキが天を仰ぐ。

エリア外から高速移動する何かを捉《とら》えた。

生命感知から得られる情報は〝緑〟。

緑はNPC《現地民》を意味する色である。

（使徒？）

天使は赤だったが使徒は分からない。幸いにも戦闘中ではない今なら緊急転移も可能だ。

「エリア外からの反応ありました！　今のところ敵かどうかは分かりませんが、どうしますか？」

　レイドに緊張が走る。

　そして全員が転移を試みるよりも先、飛来した緑の点がレイドの前へ降り立った。

「主《あるじ》からの命で救援に来ました」

　それは緑髪の美しい女性――風の精霊であった。彼女を知るメンバーから安堵《あんど》のため息が漏れる。風の精霊は焦った様子であたりを見渡すと、ミサキのところで視線を止め、あからさまに肩を落とした。

「かなり強い気配を感じましたが……どうやら使徒ではないようですね」

「あ、ええと」

　ミサキがプニ夫を抱き上げると、風の精霊は苦笑しながら頬《ほお》を掻《か》いた。

「なるほど、確かに使徒に近い強さを感じます。ただ主様が間違えるとも思えませんね……」

　ああだこうだと一人でぶつぶつ呟いた後、風の精霊は「しばらく同行します」と言った。

「ごめんなさい、モタついてしまって……」

　皆にそう謝罪するミサキ。

　今回は味方だったから良かったものの、場合によっては全滅の可能性もある。相手の〝色〟によってどう動くかまで詰めていなかった作戦の甘さが露見した。

「次回からは色にかかわらず緊急転移しましょう」

ワタルの言葉に皆、異論はないようで頷いた。

作戦の改良も行いつつ、強力な助《すけ》っ人《と》が来たことによって一向の足取りも軽い。

「——そうですか。個人的に彼らに思うことは特にありませんが、戦力が増えるのはいいことです」

ミサキから修太郎達がパワーアップに向けた修行中であることを聞くも、ツンとした態度でそう答える風の精霊。主へのリスペクトを欠いた魔王を良く思っていない様子と、それでも実力は認めている複雑な心境が見て取れた。

「ヴォロデリアさんは別の場所にいるんですか？」

「ええ。基本的には移動せず、最終エリア付近で相手の動向を探っておられます。光の神と戦えるのは主様しかいませんから、あまり大胆に動くと隙を突かれますからね」

と、風の精霊はミサキの質問にそう答えた。

「今のところ、使徒が動いたのは修太郎《彼》と戦ったあの一度きり。天使達の動きも散発的で、何を企《たくら》んでいるのやら……」

そんなやり取りをしつつ、一行は中ボスエリアと思われる開けた空間に辿り着く。ミサキの情報では敵は一体のみだ。

「待ってください——なにか嫌な気配がします」

風の精霊の言葉に全員が身構えた。

ドーム状の開けた空間の中央に、巨大な牛の怪物が横たわっていた。そしてその上に腰掛ける形で、一人の男がこちらを見下ろしていた。

「よっ」

紛《まぎ》れもなくそれは久《く》遠《おん》であった。

青い瞳を光らせながら久遠は控えめに手を上げると、先頭のワタルに気付き、悲しげな顔を見せた。

「俺から離れろ」

「緊急転移！！！」

ワタルの怒号が轟《とどろ》く。

一瞬遅れて全員がそれに反応した。

「遅いって」

指を鳴らす音が響くと同時に、ワタルの左腕が吹き飛んだ。腕は盾を摑《つか》んだまま宙を舞い、金属音を立てて地面に落ちる。

「グッ……！」

苦悶《くもん》の表情を浮かべるワタル。

天使を超える圧倒的な〝死〟の香り。

魔王達以上の威圧感、圧迫感。

誰に言われるわけでもなく、あれこそが使徒であると、皆が同時にそう確信した。

【戦闘中にこの機能は使えません】

全員の前にエラーメッセージが流れる。

久遠の高速攻撃の影響か、すでに戦闘中と判定されているようだった。

「《神速剣舞》」

弾かれたように突っ込む風の精霊。

目にも留まらぬ速さで二本の剣を繰り出すも、久遠は笑顔を崩さぬまま、左右二本の指で挟んで止めた。

その動きは明らかに人間の次元を超えている。

「久遠さん……」

「死ぬこともできず、つくづく不幸な人やで」

葵《あおい》とヨリツラが悲しげな声色でそう呟く。

脱獄組は複雑な気持ちで彼を見ていた。

「ここは引いて戦闘区域から出て転移すべきじゃねえか？」

焦りを含んだハイヴの声が響く。

ボス部屋が封鎖される条件は〝ボスが健在の場合〟のみで、この部屋のボスは既に久遠によって倒されている。つまり後退できるのだが、肝心のワタルが動こうとしない。

「…………」

ワタルは久遠から視線を離せないでいた。

ハイヴが思いっきり肩を摑んで揺らす。

「しっかりしろテメェ！　全滅するぞ!!」

「逃げるのは無理だね」

遮《さえぎ》るような久遠の声と共に、出口が黒い棘《とげ》によって塞がれた。反射的に動いた怜蘭の剣が棘を強襲するも、全くビクともしない様子で弾かれている。

横の壁から爆発音が轟き、岩の残骸と共に風の精霊が落ちてくる。

「ぐぅ……ッ！」

対する久遠は涼しい顔で手を開いた。

「どうにかして生き残れよ。俺いま手加減できないから」

そう言って両手の指に力を込める久遠。

誠とラオは盾を構え、ワタルは剣を構えた。

指を鳴らす音と、ビシャン！　と、水の弾けるような音が連続する。ワタルの目の前では、皆を包むように巨大化したプニ夫が得意げに揺れていた。

「いいぞ大福餅《だいふくもち》！　そのまま頼む！」

久遠は心から安堵したように言いながらも、攻撃の手を緩めようとはしない。プニ夫のＬＰも少なくない量が減ってゆく。

「プニ夫ちゃん……」

ミサキの悲痛な叫びが響く。

葵はワタルの腕を治療し、バーバラとTowaはプニ夫に回復魔法を使っているが焼け石に水で、回復量よりも減る量の方がはるかに多い。

「このままじゃ……」

切羽詰まった様子でそう呟くラオ。

転移も退避もできない、正に八方塞がりだ。

そんな時だった——

地響きと共に地面が盛り上がる。

突然降ってきた雨が形をなしてゆく。

「助太刀《すけだち》に来ました」

「確実に減らすようにとの命令です」

風の精霊の前に、青と茶髪の女性が現れた。

三人の精霊がこの場に揃ったのだ。

使徒の出現を察知したヴォロデリアが、精霊三人で確実に仕留めることを指示したのだ。

「……分かりました、素早く終わらせます」

そう言って立ち上がる風の精霊。

久遠《使徒》一人に対して精霊三人とプニ夫もいる。完全に形勢は逆転した。

「《風支配・魔装》」

「《水支配・魔装》」

「《土支配・魔装》」

三人の体を風、水、土が覆い、弾けるとそこには鎧《よろい》を着た精霊達の姿があった。先ほどまでと比較にならないほどの〝強さ〟が感じられる。

同時に飛び出す三人。

久遠は笑顔のまま片手を前に突き出した。

久遠の背後には、目で見えない手のようなものがゆらりと現れる。

「潰《つぶ》れろ」

ズドン！　と、凄まじい音が轟く。

精霊達は地面に押し潰されていた。

なにが起こったのか理解できずにいる精霊達。そのまま久遠が両手をかざすと、瞳の奥で何かが揺らめいた。

「精霊《君達》が来て助かったよ。これで俺は光の神へ大義名分ができる。そうじゃなきゃ俺は友人を手にかけてた」

突然、巨大な炎が目の前に現れ、周囲の空気が一瞬で灼熱《しゃくねつ》の波となって押し寄せた。

「ああああ！！！」

炎は生き物のようにうねりながら広がり、精霊達の体を包み込む。本能的に逃げようとするも、炎の勢いがそれを許さない。

水と土の精霊の体は煤《すす》のように黒くなっていた。そしてボロボロと崩れ落ち、消えていく。

久遠は警告するような口調で、レイドに向かって語り出す。

Follow

「……他の使徒は俺よりも遥《はる》かに強い。闇の神は動けない、もう精霊もいない。これで形勢は逆転したな」

　そう言って唯一生き残った風の精霊を持ち上げた。風の精霊はぐったりとした様子で動かない。久遠の瞳は悲しみに満ちていた。

「俺は光の神の情報を集める。倒し方や弱点をできる限り集め、邂逅《かいこう》のたびに伝える。ただし、体の自由は奪われたままだ。だからなんでもいい、俺を殺す方法を見つけてくれ……頼む」

　久遠はそれだけ言い残すと闇に溶けるようにして消えた。残されたのは静寂《せいじゃく》と、意気消沈した攻略メンバーだけであった。

＊　＊　＊　＊

「暇だね」

　あくびを噛《か》み殺《ころ》しながらそう呟くMagne《マグネ》。

　ワタル達が抜けた穴を埋める形で配置された（強引に志願した）彼女は、オルスロット修道院の近くにある木陰で見張りを行っていた。

「暇なほうがいいじゃない。対人戦闘はｍｏｂと全然違うのよ？」

　窘《たしな》めるような口調で言うキャンディー。

　他には元紋章メンバーが三名と他ギルド混合が七名の、計１２名がここの見張り番である。

雑談する他メンバーを眺めながらマグネが呟く。

「でも戦闘は最終手段でしょ？」

「ええそうよ。基本的には説得、危険なら緊急転移、可能なら拘束ね」

八岐の舞舞達の証言から、祈りを行ったプレイヤーは、犯罪を行っても町《セーフティエリア》の中に入れることは皆周知済みである。安全のためにも、高レベルのプレイヤーに祈らせないことが重要となってくる。

「ん？　あれなんだ？」

プレイヤーの一人が何かに気付き、マグネ達もそちらへと視線を向ける。修道院の入り口、大きな観音開きの扉の前に、誰かが立っている。

（プレイヤー？）

場の空気が一気に張り詰める。

その人物をよく観察すると、オルスロット修道院の修道長であることが分かった。

「なんだよ紛らわしいな」

「あー肝が冷えた」

などと警戒を解くメンバーがいる一方で、マグネとキャンディーの見解は違っていた。

「キャンディーさん。シスターが〝外〟に出るなんてこと今まであった？」

「……いいえ、聞いたことがないわ」

修道院に属するＮＰＣは建物の外に出ない、というのが今までの常識である。

シスターはプレイヤー達に気付いているのか、こちらに笑顔を向け淑女のお辞儀《じぎ》をしてみせた。

「神を信じますか？」

蚊の鳴くような声なのに、不思議と皆の耳にははっきりと聞こえた。ヒッと、誰かの悲鳴に似た声が漏れる。

「なんだって？」

怖いもの知らずのプレイヤーが聞き返すと、

「神を信じますか？」

シスターは同じことを尋ねる。

「はっ、なんだよそれ」

「貴方《あなた》はどの神を信仰していますか？」

質問内容が変わったことで、プレイヤーがキャンディーに「光の神を推すべきか？」と目配せする。どの神というのは、要するに〝光か闇か〟を聞いているのだと推測できたからだ。教会及《およ》び修道院は天使を崇拝している場所、つまりここで闇の神と答えるのは墓穴を掘るようなものである。キャンディーは〝答えるべきではないのかも〟とも思ったが、沈黙に対してどう出るのか分からない。

「変に答えて祈りと勘違いされたら厄介よ」

「あ、そうか……じゃあ無視しておきますか？」

「そうねぇ。何か特殊なイベントかもしれないけど、私達もソレ目的で集められた訳じゃないから」

そんなやり取りをしながらしばらく答えずにいると、シスターは笑顔を絶やさず、声のトーンも変えずに言う。

「神を崇拝していないのですか？」

先ほどと状況は全く変わっていない。

ただ——空気が変わった気がした。

見張りを任されたメンバー全員が精鋭クラスの戦闘力を持っている。故《ゆえ》に全員が、シスターから危険な気配を感じ取っていた。

「してるよ！　光の神を崇拝してる！」

マグネがそう叫ぶように言った。

集まった視線にも涼しい顔で返す。

「流石《さすが》に闇の神様とは言えないし。まぁ今後のためにも答えとくべきじゃない？」

そう言ってはにかむマグネに、キャンディーは悲しげな顔を向けた。

「ごめんなさい、アナタが正しいわ。沈黙して状況が転じることはなさそうだし」

「だよね。大丈夫、一応パーティは抜けてあるから。レベル的にも適任でしょ？　仮にマグが変になってもここのメンバーなら問題なく拘束できるし」

彼女が言うように、マグネのレベルはこの中で一番低い。理屈ではそうなるが、かといって瞬時の判断で自分を犠牲に選んだマグネの異様さは際立っている。

　この場にいる誰よりも大胆かつ冷静。

　キャンディーはこれを英断だと評価した。

　彼女の返答にシスターはしばらく沈黙し、
　そして——

「嘘《うそ》は罪ですよ」

　シスターは地面に手を突っ込み、そして地響きと共にずるりと何かを引きずり出した。

　骨の破片が絡み合い、歪《いびつ》な形に成り果てた白く長い鎌。刃《やいば》からは禍々《まがまが》しい気配が漂い、誰かの声が聞こえてくる。

「なんだよアレ……」

「おいなんか変な声が聞こえてくるぞ！」

　狼狽《うろた》えるメンバー達。

　妙な声は次第に大きくなってゆく。

　叫ぶような、啜《すす》り泣《な》くような声も混ざったそれは——死者の囁《ささや》きに聞こえた。

《断罪者duo《ドゥオ》　Lv.120》

「緊急転移！！！」

キャンディーの怒号が轟く。

相手にステータスが出た瞬間、刹那の判断によって、その場にいた全員が素早くアリストラスへと転移していった。

「…………」

誰もいなくなった後も笑顔のまま佇《たたず》む修道長に、何者かが声をかけた。

「祝福を受けに来た」

修道長が首だけそちらに向けると、十数名の男女がそこに立っていた。その中の一人、声をかけた男がズイと前に出る。

くすんだ金髪と特徴的な髪型の男——雷千《ライセン》。かつてワタルと共に脱出し、犯罪者達を引き連れアリストラスへと向かった男だ。

「神を信じますか？」

変わらぬトーンでそう尋ねるドゥオ修道長。

雷千はニィとニヒルな笑みを浮かべた。

＊　＊　＊　＊

「時は満ちました」

白亜の宮殿に光の神の声が響く。

眼下で傅《かしず》く使徒達。

その後ろには見渡す限りの天使の列。

「邪魔な精霊はすべて消え、もはや脅威は闇の神ただ一人。私が動けば弟も易々《やすやす》とその場からは動けません。あなた達には最後の仕事を任せます」

宮殿の天井部《てんじようぶ》には風の精霊が磔《はりつけ》の形で囚《とら》われており、意識がないのかグッタリとしている。

形勢は完全に光の神陣営に傾いていた。

光の神は右手を突き出し、声高らかに宣言する。

「これよりプレイヤーの排除を始めます。目標は全てのセーフティエリアです」

物量に任せて攻めれば一瞬で終わる、光の神はそう確信していた。

体を震わせるウォルターを見下ろしながら、光の神は怪しい笑みを浮かべる。

「町の破壊は使徒達に任せます。自らの手でプレイヤーを葬《ほうむ》れば踏ん切りもつくでしょう」

「断る……！」

「断れるとでも？」

見えない力によって押し潰されるウォルター。他の使徒達も同様に動きが制限されていた。

「あなた方の使命は今度こそイレギュラーを消すこと。町を破壊し、隠れても無駄であることを教えてあげなさい。もはや慈悲や情けは不要、圧倒的な力で滅ぼしなさい」

隣に立つα《アルファ》が視線を送る中、光の神は玉座の前で号令をかける。

「それでは、長きにわたったこの遊戯――終わりにしましょう」

修太《しゅうた》郎《ろう》とバートランドはなにもない空間に立っていた。

遠くに見える光が出口だろうか？　二人は示し合わせたように同時にそちらへ歩き出す。

「楽しみだなぁ。僕の知らない皆が見られるんでしょう？」

修太郎は嬉《うれ》しそうに微笑《ほほえ》んでいる。

「あまり見て楽しい過去ではないんですがね」

そう言って苦笑いを浮かべるバートランド。

進むにつれ徐々に出口が近づいてくる。

修太郎は歩みを止めず周りを見渡した。

「なんかここ前にも来たような気がする……」

昏睡《こんすい》していた時に見た夢の景色によく似ていた。灰色の女児の姿はなく別空間であることは明白だが、過去を体験する、というのは夢を見ている感覚と近いのかもしれない。と、修太郎は自分をそう納得させた。

「これを見た主様《あるじさま》の気分を害さないかと心配しております」

出口に差し掛かる寸前、バートランドは歩みを止めて、弱音を吐くような口調で呟《つぶや》いた。

「それは見てみないと分からない、かな」

「…………」

「無責任に〝そうはならないよ！〟なんて言っても、バートにはきっとお見通しだと思うし」

頬《ほお》を掻《か》きながら、修太郎は「でもね」と続ける。

「誰《だれ》のどんな過去を見たとしても、全部受け止める準備はできてるよ。楽しいことも悲しいことも一緒に乗り越えたい。それが友達だから」

そう言ってはにかむ修太郎。

バートランドは小さく笑いながら「はい」と、嬉しそうにそう呟いた。

＊　＊　＊　＊

世界ができるよりも前にあったとされる神聖な木——大樹ニブルア。その幹《みき》は天を貫き、星の深部に根を張ると言われていた。ここはそんなニブルアを神と崇《あが》め、守り続ける種族の国。

「ここが、昔のバートの世界？」

「ええ。この景色がまた見られるなんて思いませんでした」

大樹を囲うように石造りの家々が並ぶ。

紛《まぎ》れもなく、バートランドが住んでいた頃の風景であった。

「ここで僕らは何をすればいいんだろう」

「ひとまず町へ行ってみましょうか」

「うん。そうだね」

二人はゆっくりとした足取りで中へと歩いていった。

町の中は沢山のエルフ族が幸せそうに暮らしている風景があった。

「おいバート。そんなところでサボってたらまた戦士長に怒られるぞ」

どこからかそんな声が聞こえてくる。

反射的にバートランドが視線を向けた先に、屋根の上に寝そべる人物がいた。

「あ！　子供の頃のバートだ！」

「俺ァこんな生意気そうな顔してたのか」

少年のバートランドを眺めながら、額《ひたい》に手を当て首を振るバートランド。この頃の彼は、日がな一日屋根の上で横になり、大人の手伝いもしなければ戦士の務めも果たさない穀潰《ごくつぶ》しであった。

修太郎達の体をすり抜けるように、呆《あき》れた表情の少年少女が駆けてくる。

美しい顔立ちに、尖《とが》った耳。

森の民とも、大樹の守り手とも呼ばれるエルフ族の特徴だ。

「うるせー。毎日毎日弓引いて槍《やり》振って、真面目《まじめ》に続けて何か意味あんのかよ」

「意味はあるわよ！　私達も立派な戦士になって、大樹ニブルアを守り続けるの！」

「はっ。俺はこんな木なんかに命懸けるつもりねェよ」

明らかに険悪なムードが漂っている。

修太郎は「あちゃー」などと言いながら少年バートランドを心配そうに見つめていた。

「あーあ、クソ生意気な子供。今の発言、大人の誰かが聞いていたら屋根から引きずり下ろされて袋叩《ふくろだた》きにあってたでしょうね」

「そんなに悪いこと言ってたの？」

「ええ。大樹ニブルアを軽んじる発言や思考は、エルフ族にとって殺しよりも重い罪ですから」

　エルフ族はニブルアと共に生き、ニブルアが枯れれば共に朽ちると誓いを立てている。故《ゆえ》に彼等《かれら》はニブルアからは離れず、静かに森の中で暮らしているのである。

「そうなんだ……バートって昔から無茶してたんだね」

「あ、はは。今もそうでしょうか」

「たまにね」

そう言って苦笑する二人。

子供達の口喧嘩《くちげんか》は続く。

「悲しい奴《やつ》。親がいないとあぁなるんだな」

「親は関係ねえだろ!!」

激昂《げっこう》する子供のバートランド。

他の子供達は蜘蛛《くも》の子を散らすようにその場からいなくなった。

「こんな木、守ってなんになんだよ……」

大樹ニブルアを恨めしそうに睨《にら》んでいる。

「俺には親がいません。だからトガってるのは〝親がいないからだ〟って言われることが多かったんです。まあ半分正解ですけどね」

自嘲気味に笑うバートランド。

なにも言わず黙ってそれを聞く修太郎の横を抜け、一人の女性が現れた。

「また喧嘩したの？」

「喧嘩じゃねェよあんなの」

「ふーん、そっか」

女性は子供のバートランドの隣に座り、楽しそうに微笑んでいる。頭に光る王冠と、口に咥《くわ》えた煙草《たばこ》がなんともミスマッチで、子供のバートランドは煙草の煙に顔を顰《しか》めていた。

「また人族の葉っぱ吸ってんのかよ」

「向こうではコレが大人の証《あかし》なんだってさ。最初は苦くて不味《まず》かったけど、慣れれば気分が晴れるし良いものよ」

「姫様が人族の文化に意欲的でいいのかねェ」

修太郎はその女性に見覚えがあった。

「そうか。彼女が、その……」

「ええ。ハトアですね」

使徒として会った彼女よりも幾分か大人だ。

先ほど会った子供達よりも上質な服を着ているし、高貴な生まれということは修太郎でも理解できた。そして、彼女が吸う煙草にも見覚えがあった。

「ま、形見ですね」

そう言ってバートランドも煙を吐いた。

「だって、人族ってすんごいのよ！　魔力や身体能力だってどんな種族よりも弱いのに彼等の発明は――」

と、熱弁を振るうハトアを懐かしそうに見つめながら、バートランドが語り出す。

「彼女は人間が好きでした。エルフの中ではかなり珍しい部類ですよ。知っての通り、エルフと人間には大きな溝《みぞ》がありますから」

火種となったのは大樹ニブルアの種である。

エルフは生まれた時、胸の中心にニブルアの種を埋め込むことで大樹と一体化する。それに目を付けた人間は、人間の赤子にニブルアの種を埋め込むことで、魔力と長寿を授かるという実験を行っていた。森で静かに暮らすエルフが捕まり、胸に穴を開けて帰ってきたこともあったほどだ。

「だからこの国で人間に好意的な奴は煙たがられます。彼女は王族だから大目に見られてましたがねェ……」

「なんか二人って似た者同士なんだね」

そう言ってクスクス笑う修太郎。

バートランドはしばらく黙ったのち「そうみたいですね。今なら分かります」と呟いた。

「バートも吸う？」

「いらない。臭いし」

「大人の味だよ？」

仲睦《なかむつ》まじい二人の会話を楽しそうに聞いていた修太郎は、ふと、ハトアと目が合ったような気がした。

「――あれ？」

しかし、それはあり得ないことだ。

これは過去の映像であり、向こうからこちらを認識できるはずがない。

「どうされました？」

「あ、ううん、気のせいだと思う……」

改めてハトアを見てみるも、視線は別の方に向けられていた。楽しそうな二人の姿がぐにゃりと変化し、遠くから大勢の歓声が聞こえてきた。

ピントが合うように景色が定まってゆくと、大勢の観客に囲まれて二人の男が槍を振るう風景が広がった。

「武闘大会ですね」

「うわぁ……結構激しめに戦うんだね」

「大樹ニブルアへ鍛錬《たんれん》の成果を見せることで己《おのれ》の忠誠心を示すことができる——という建前ですからね。基本的には真剣勝負です」

会場にどよめきの声が上がる。

「勝者、バートランド！」

突き付けた穂先を離し、一礼する少年。

その場に膝《ひざ》をつくのは、体の大きさがひと回りも違う大人の戦士だった。

「すごいやバートランド！　優勝してる！」

「ようやくやる気を出した頃ですね」

懐かしむように目を細めるバートランド。

少年バートランドの周りに子供達が集まってくる。

「こんな腕が立つとは知らなかったぞ！」

「若手一番のラルチャを圧倒するなんて！」

「なんで急に参加する気になったんだ？　ニブルアのために訓練するのは馬鹿らしいとか言ってたのに……」

そう聞かれた少年バートランドははっきりとした口調で答える。

「別に、俺は俺のために戦う。今も昔も変わらないよ」

男子達からは尊敬の声が上がる。

「あ、もしかしてハトア様の誕生日だから？」

「おい！　バートがそんな理由で動くわけないだろ！　なぁ？」

少女達の質問に激昂する少年達。

偉い席に座るハトアが手を振っていた。

バートランドは俯《うつむ》き、何も答えない。

「そっか……」

そんなやりとりを遠巻きに見ていた修太郎は、何かに気付いたように呟く。

「バートの戦う理由って、ハトアさんなんだね」

「ええ」

そう答えながら、かつての姫の姿を目に焼き付けるバートランド。手を振っていたハトアの顔が急に動いたその刹那《せつな》——彼女の視線は修太郎とバートランドに向けられていた。

「！」

二人の間に戦慄が走る。

「やっぱりハトアさんだけ何か変だ！」

確信したように修太郎が叫んだ。

彼女だけが過去の映像とは違った動きをしている。

彼女は二人に向けて微笑みながら手を振り続け、再び場面がぐにゃりと曲がった。

かなりの時間が飛んでいるのか、景色は高速で人が行き交う往来に変わっており、なおも変化し続けていた。

「この世界のハトアさんに接触しよう。なにが起こるのかは分からないけど、多分それをする必要があると思う」

「俺も同じことを考えていました。使徒の可能性はありませんかね？」

「分からない。ただ前と違ってバートは強くなってるし、僕もいるから分の悪い勝負にはならないと思う。前が相手の全力ならね……」

後半部分は風の音で消えるくらいの小さな声で呟く修太郎。そして場面は切り替わり、訓練所のような場所へと変わっていた。

「この日は……」

バートランドの顔付きが変わる。

修太郎も説明できない悪寒を覚えていた。

青年となったバートランドと、同僚らしきエルフの会話から始まる。

「あ？　人族が？」

「そうだよ。東の獣族も負けたんだってさ」

弱小種族とされ世界の端で慎《つつ》ましく生きていた人間が、個々の力ではなく、団結した集の力と高い知能によって数々の種族を征服し、みるみる内に領土を拡大しはじめていた。

「まぁでも、俺達には関係ないよな」

「我らエルフ。何者にも属さず、何者にも屈さず」

青年バートランドは黙々と槍を振るっている。

「しっかし変わったよなお前。昔は訓練に参加もせず屋根の上でグースカ寝てたのに、今や第四戦士団の団長様だもんな」

「別に。今も昔も変わってねえよ。俺はこの木のために槍を振るってるわけじゃない」

「なら何のために振るってんだ？」

「………」

それはハトアさんのためだよ、と、修太郎が心の中で代弁していると、神妙《しんみょう》な面持《おも》ちのバートランドが口を開いた。

「主様、場合によっては戦闘の準備を」

「えっ、どういうこと……？」

「この日に我々は滅ぶんです」

「！」

衝撃の告白に修太郎は言葉を失う。

この平和な世界が今日終わるということが信じられなかった。

「やあやあ皆さん、精が出ますね」

訓練所に一人の女性が入ってくる。

「ひ、姫様。今日もお、お美しいですね！」

ハトア姫も立派な女性へと成長しており、その端整な顔立ちは王家の血筋もあって確かな品格が窺《うかが》える。その後も戦士達と交流するハトアを眺めながら、修太郎は警戒するように剣の柄頭《つかがしら》に手を添えていた。

　遠くから慌ただしい足音が近づいて来る。

「ほ、報告!!　我が国の領土に、敵の軍勢が向かってきています!!」

　訓練所に静寂《せいじゃく》が落ちる。

　フッと、誰かが吹き出すように笑った。

「おいおいここはエルフの国だぜ？　俺達は侵略しないが与えない。俺達に敵う奴なんていやしないんだからよ、何が攻めてこようとドンと構えればいい。いつも通り迎え撃つだけだろ？」

　エルフ族は数千年の歴史の中でも戦争らしい戦争をしたことがない。いや、戦争と呼べるほどの戦いになった相手がいない。それは単にエルフ族という種そのものが他種族よりも強く・数が多かったから。

　伝令は焦ったように声を荒らげた。

「100万の兵がいても、そう言えるのか？」

　再び、訓練所に静寂が落ちる。

　今度は誰も口を開かなかった。

「ここに攻めて来たのは、人族の軍勢100万だ。既に先発隊が応戦しているけど、なぜか人族の中に俺達並に強い奴がいる！」

長い歴史の中で、１００万の軍を相手取って戦争した記録は無い。その上、エルフ族と同程度に強い個体が混ざっているとなれば悠長に構えてはいられないだろう。

「１００万の軍勢相手なら確かに厳しいよね……」

そう呟き息を呑《の》む修太郎に、バートランドは首を振ってそれを否定した。

「皮肉にも我々が滅んだのはそれが原因ではございません」

「え、じゃあ何が……」

二人の会話を掻き消すように大勢の足音が響き、一気に慌ただしくなる訓練所内。

青年バートランドはため息混じりに槍を持つ。

「おいハトア。念のため城に……」

そう言いかけ、言葉を失う。

ハトアの体が宙に浮いていた。

体には赤紫の紋様が刻まれ、目は虚《うつろ》。

「ハトア……？」

青年バートランドが手を伸ばした瞬間――それは起こった。

ハトアの体からカッ！　と光が広がる。

国全土に轟《とどろ》く大爆発が起こった。

まさに一瞬の出来事であった。

爆発はニブルアへも甚大《じんだい》なダメージを与え、大勢のエルフは死に、あるいは怪我《けが》を負った。

「これが我々が滅んだ原因です」

「そんな……」

あまりにも残酷な光景に修太郎は絶句する。

消し飛んだ訓練所の中で、唯一生き残ったバートランドは呆然《ぼうぜん》と膝をつき、火のついた煙草を拾い上げた。

再び場面がぐにゃりと曲がっていった。

*　*　*　*

人間の将軍は、彼方《かなた》で光る魔力の爆発を確認し静かにほくそ笑んだ。

「報告！　敵国内にて魔力奔走確認！　領土のおよそ七割が爆発に巻き込まれ、敵の被害は甚大とのこと！」

「よしよし。ならば予定通り、森から出てきた奴等《やつら》を〝強化兵〟で潰して回れ」

「承知いたしました！」

伝令が去り、再び笑みを浮かべる将軍。

己の体にも埋め込まれた種を撫《な》でながら、眼前に聳《そび》える大樹を見上げた。

「ッ……！」

剣を抜こうとする修太郎を手で制すバートランド。

「もう過ぎたことです。我々は干渉できません」

「そう、だけど……」

「そのお気持ちだけで十分です」

兵隊が自分達の体をすり抜けていくのを眺めながら、諦めるようにそう呟く。その間も戦場は切迫した状況が続いていた。

「なんだよ、コイツら」

「まるで生気が感じられない」

特殊な白の鎧《よろい》に身を包んだそれらは、圧倒的な力を誇るエルフ族を物ともせず殺してまわっている。それに気を取られていると、別の人族からの奇襲を受け、じわじわと数を減らされていた。

「貴様ァ！　何をしている!!」

白い兵士と戦うエルフ族が叫んだ。

視線の先には、同胞の亡骸《なきがら》をナイフで刻む人族の姿があった。そして彼等はそのまま〝何か〟を取り出すと、不気味な笑みを浮かべ剣の窪《くぼ》みにはめ込んだ。

「ぐわぁぁ!!」

「こい、つ！」

先ほどまで非力だった人族が、その剣を握るや否《いな》やエルフ族を圧倒している――その光景を見た戦士達は、ようやく彼等の強さの秘密を理解したのだった。

「ニブルアの種を埋め込んだ強化人間です」

「ひどい……」

「それを研究する人間達を放置しすぎた、ハトアの異変に気付けなかった。もっとも、平和が長く続きすぎたのが我々の敗因です」

人族の軍勢が一気に流れてくる。

傷だらけの体を槍で支えながらも、エルフ達は絶望的状況に戦意を喪失していた。

戦場を、一閃《いっせん》の光が貫いた。

戦場の時が止まった。

皆が光の正体を見極めんと注視する。

「エルフ……」

人族の兵士が呟く。

それは流れ星でも神でもなく、長い金髪を揺らし槍を持ったエルフ族の青年だった。

「バートランド！」

「最強の戦士が来てくれたぞ！」

沸き立つエルフの戦士達。

しかし、近くにいた何人かは彼の様子がおかしいことに気付きはじめる。

頭からは血を流し、目は虚。

血のついた煙草を咥え、ゆらりと立ち上がる。

「殺せ！　殺せぇ!!」

時は動き出す。

近くにいた人族が一斉にバートランドへと武器を振り下ろす。しかしそれを、バートランドは横薙《よこな》ぎ一閃でもって粉々に斬り裂いた。

「この戦争は両者相打ちという形で幕を閉じます。いや、正確には我々の辛勝といったところでしょうか……」

バートランドの参戦によって戦況は大きく傾き、もはや人間に彼を止められる者はいなかった。しかし突然死するエルフも続出し、戦場は死体の山ができていた。

「昔に僕が取り除いた呪いは、あの爆発によって広がったんだね」

「ええ、その通りです。愛する人を亡くし、仲間達を失い。この時点で俺は戦う意味を見失っていました――主様と会うまでは」

バートランドの呟きを、修太郎は複雑な心境で聞いていた。別の世界とはいえ同じ人間による所業は到底許されるものではない。その後、同意する権利もなく〝人間の修太郎〟の配下となったバートランドの心境は計り知れない。


「もう頑張るのやめたらいいよ」

戦場の音が遠ざかってゆく感覚。

静寂に包まれた空間で、凛《りん》とした声が二人の耳に届いた。

「！」

ぐにゃりと曲がった虚空《こくう》から一人の少女が現れた。バートランドは修太郎を庇《かば》うように槍を構える。

「オマエ、何者だ？」

「分からないかなぁ。ハトアだよ」

そう言って無邪気な笑みを浮かべている。

（もしかして……使徒!?）

一気に警戒心を高める修太郎だったが、バートランドは対照的に槍による威嚇《いかく》を解いていた。

「主様、大丈夫です。こいつに害はありません。使徒でもヴィヴィアンでもない、言うなれば当時のハトアの幻影みたいなものでしょう」

バートランドの言葉に修太郎も警戒を解く。

このハトアはいわば召喚獣《しょうかんじゅう》イベントに用意された思念体のようなもので、今の修太郎達と同じ実体を持たない存在であった。

「うん、正解！　流石《さすが》はバートだね」

と、再び笑うハトアの思念体。

バートランドはやりづらそうに頭を掻いた。

「あなたは選ぶ権利がある。それを決めるのはあなた自身で、召喚士《サモナー》さんは口出しできない。

分かった？」

そう言って修太郎を見つめるハトア。

修太郎は不思議と声が出せなくなり、心配した面持ちをバートランドへと向けていた。

場面が切り替わり、戦場で立ち尽くす青年バートランドの姿があった。ハトアは悲しむような視線を送りながら続ける。

「楽しかった時代に戻れるとしたらどうする？」

「馬鹿な。そんなことできるはずがねェだろ」

時間を巻き戻すなどそれこそ神の所業だ。

しかしハトアは小さく首を振る。

「あなたが望めば可能だよ。できるかできないかじゃない、望むか否かを聞いているの」

青年バートランドは未《いま》だ呆然と立ち尽くしたまま、戦士達の遺体を眺めている。

太刀傷《たちきず》で絶命した者より、呪いによって息絶《いきた》えた者の方が多い。

「はは。結局あんな木のために死んだのか」

見知った顔も野に伏している。

一時は共に遊び、笑い合った友人達。

「無念だよな……」

大量の人間の死体の上で煙草をふかす。

「よいしょっと」

空間がぐにゃりと曲がり男が現れた。

闇の神ヴォロデリアだ。

「ここからあなたの運命が大きく変わった。良くも悪くもね」

「………」

ハトアの言葉にバートランドは反応を示さない。

「寂《さび》しいお前にささやかなプレゼントだよ」

そう言って、ヴォロデリアが何もない空間から引き出すように手を動かすと、眠るような形で手を合わせる少女が現れた。

何かを察した青年バートランドが目を見開き、振り返る。

「……ハトア？」

ヴォロデリアは満足そうにニヤリと笑った。

「分かるものだね。コレは単なる抜《ぬ》け殻《がら》だけど、中身を移し替えたからデータ上はハトア姫だ」

「中身、デェタ？」

「や、ごめんごめん。まあ難しく考えなくていいよ。コレはそうだな……生まれたてのハトア姫だ。だから君に関する記憶は無いし、どんな成長を遂《と》げるかも分からない」

ヴォロデリアの物言いにバートランドは苛立《いらだ》つように拳《こぶし》を握った。この時点ですでに本物のハトアは消滅しており、バートランドを仲間にするため小芝居をしているに過ぎない。

「主《ぬし》も、本物も偽物《にせもの》も、悲惨な過去も全部やり直せる。あなたにはその権利があるの」

バートランドにそう囁《ささや》くハトア。

バートランドはヴィヴィアンを抱いている青年の自分の姿をただ見下ろしていた。

世界がシャボン玉が割れるようにパッと消え、ここに来るまでに通ってきた何もない空間へと戻っていた。そこには修太郎とバートランド、そして思念体のハトアだけが残っている。

「もう傷付く必要はないんだよ。また私とニブルアの木の下で幸せに暮らしましょうよ」

ハトアの背後に人一人が通れる程度の穴が空き、平和な時代のエルフの国が映し出されている。そこを潜れば幸せな頃に戻れる。バートランドにはそんな確信めいた感覚があった。

修太郎は抵抗する様子もみせず、バートランドに委《ゆだ》ねるようにただそれを見守っていた。

「悪《わり》ィな」

そう呟きながら、バートランドはハトアを優しく抱きしめた。ハトアは少し驚いたように目を見開いた後、嬉しそうに目を細めた。

「俺の居場所は、もうそっちじゃない」

「…………」

「お前なら分かってくれるだろ？」

「……うん。バートランドらしい決断だね」

ハトアがそう答えるや否や、彼女の体が足元から光に包まれ消えてゆく。バートランドは今生の別れのように、彼女を固く抱きしめた。

「じゃあもうこの話はおしまい！　あと、使徒《もう一人の私》と戦う時の助言をひとつ」

ハトアは無邪気な笑みを浮かべながら語り出す。

「最後はあの子にもこうしてあげてね。私ってほら、寂しがりやだからさ」

ハトアの体が消失していく。

バートランドは抱く力をさらに強めて言う。

「ああ。もちろんだ」

その言葉に安心したように、ハトアは満足そうな笑みを浮かべて虚空へと消えていった。彼女の光は修太郎とバートランドを包み込み、架け橋のように繋《つな》がった。

修太郎とバートランドの間に絆が生まれた。

【バートランド　と召喚獣契約を結びますか？】

ＹＥＳ　／　ＮＯ
表示された選択肢。

修太郎は迷わずＹＥＳを押した。

「さて。帰りましょうか」

振り返ったバートランドの表情は晴れやかだった。修太郎は嬉しそうに頷《うなず》くと、二人は元来た道へと進んでいった。

【バートランド　の召喚獣契約に成功しました！】

【バートランド　のレベル上限が２００になりました！】

【バートランド　の種族がランクアップしました！】

【修太郎　は《奥義：魔王降臨術》を習得しました！】

＊　＊　＊　＊

煌《きら》びやかな王国の華やかなパレードの中に、修太郎とセオドールはいた。

「すごい賑《にぎ》わってるけど、なんのお祭りだろ」

「魔王が討たれ、全ての魔物が消えた記念だ」

「え！　それは歴史的な日だね！」

セオドールは腕を組み、懐かしむようにその光景を眺めていた。

今日は人間世界の平和が始まった記念すべき日。魔物の脅威から解放され、住める土地が増え、町の子供は安心して外を歩けるようになった。

「そしてアレが魔王を討った英雄達だ」

「ってことはセオドールの――」

修太郎の声は割れんばかりの歓声にかき消された。いよいよ英雄達の登場である。

英雄達は馬に跨《またが》り手を振っていた。

国全体が彼らを祝福している。

なんとも煌びやかな雰囲気《ふんいき》だ。

「ねぇお母さん。どれが誰なの？」

修太郎は隣の親子の会話に耳を傾ける。

「先頭の男性が勇者ハイルーン様よ。圧倒的なカリスマで仲間を集めて、騎士団長様を凌駕《りょうが》する剣の腕で魔物のほとんどを倒したそうよ」

「かっこいいい！」

子供は金髪の美男子に熱視線を送った。

二人の会話にセオドールが苦笑を浮かべる。

「正確にはエネリスの奴が仲間を集めて、魔物のほとんどは魔王が死んだときに一緒に消えたんだがな」

「噂《うわさ》が一人歩きしてたんだね……でも勇者さんも偉大な人だったんでしょう？」

セオドールはハイルーンをしばらく見つめたのち「その通りだ」と呟いた。

「後ろのお方が賢者エネリス様。全属性に適性を持つ天才魔法使いなのよ。そして最後が聖女メロイア様。精霊王の祝福を受けたお方よ」

「すごーい！」

親子の会話を聞きながら修太郎はふと何かに気付く。

「あれ、セオドールはどこにいるの？」

「俺はここには参加していない」

「一緒に魔王を倒した英雄なんでしょ？　どうして？」

「俺は己を強くするために旅に同行したに過ぎない。魔王討伐もその道の延長だ。注目されて厄介なことに巻き込まれるのもごめんだった」

「そっかぁ。まぁこれだけの偉業を成し遂げたら絶対注目されるもんね」

「………」

修太郎の言葉にセオドールは押し黙った。

ハイルーンは昔から目立つことが好きだった。だからこの凱旋《がいせん》パレードも彼が望んで参加したと、そう思っていた――しかし、使徒となったハイルーンは勇者の責務と重圧に精神を病んでいたようにみえた。

「お前もそうだったのか？」

その呟きは馬上の親友には届かない。

修太郎とセオドールはしばらくの間、その凱旋パレードを見届けていた。

＊　＊　＊　＊

場面転換が収まると、町中の風景から平原へと変わっていた。

「ここは？」

「この日は俺が塔へと挑んだ日だ」

世界に平和が訪れて一年が経《た》った。

そして王国の東の果てに、英雄一行がいた。

「本当に行くのか？　セオ」

勇者ハイルーンは、巨大な扉の前に立つ男を引き止める。賢者エネリスと聖女メロイアの姿もあり、それ以外の人間はいなかった。

男はその塔を見上げ、佇《たたず》んでいる。

硬そうな黒髪が風にそよいでいた。

「この塔は天地創造の頃から存在する神の産物だ。ここには何かがある。なぜ帰らずの塔なのか、その頂《いただき》には何があるのか確かめたい」

若きセオドールは無感情な顔で自分の手を見つめ、ゆっくりとそれを握りしめた。

「これを登れば自分を満たす何かに出会える。そうであると願っている」

富や名声には興味がない。

勇者だの英雄だのにも興味がない。

あるのはただ〝自己研磨〟の欲求のみ。

「そういう想《おも》いで塔に挑んだと記憶している」

「なんかセオドールらしいね」

そう言って修太郎は納得したように笑った。

セオドールは若き日の自分ではなく、残される仲間達の方へと視線を向けていた。そして、ハイルーンの一瞬見せた悲しそうな表情を今度は見逃さなかった。

「セオがいなければ本当の世界平和とは言えません。魔王を討った力を持つあなたがいてこそ、平和が成り立つんです！」

聖女メロイアが涙ながらに訴える。

彼女は悲しげな表情を隠していない。

若きセオドールは優しい笑みを浮かべた。

「お前達がここに留《とど》まるから俺は塔に挑めるんだ。それに、魔王を倒したら次はここに挑むと言っていたはずだろう」

若きセオドールは雲を貫く塔を見上げた。

入る者は拒まない、ただ誰も戻らない。

一度入ったら二度と戻れない帰らずの塔。

修太郎は残された三人が気になっていた。

「……全員で入ってたらどうなってたのかな」

「それは、分からない」

少し考えた後、セオドールは自問自答する。

自分は彼らを一度でも誘っただろうか。

複数人で入れば、上に登る時間はきっともっとかかったはず。苦労も増えただろう。セオドールは勘付いていた、この時のセオドール《自分》にはその覚悟がなかったことを。

「世話になったな」

そう短い挨拶を残し、扉に手をかける。

塔の扉は、まるで彼を待っていたかのように重い音を響かせながら開いてゆく。

塔の内部はひたすら続く闇だけだった。

「セオ、セオ聞いて！　メロイアは……」

「待ってエネリス。いいの」

なにかを訴えようと声を張り上げる賢者エネリスを聖女メロイアが止めた。若きセオドールは塔の扉をくぐった後、三人に笑顔を向けた。

「いってくる」

閉ざされていく扉。

若きセオドールの顔が、見えなくなってゆく。

「セオーーー！！！」

完全に閉まるその刹那、メロイアは堪《こら》えきれず泣き叫んだ。その叫びは届くことなく、彼女自身もそれを望んではいなかった。メロイアがセオドールのためにできる唯一のことは、自分の気持ちを押し殺し、彼の門出を邪魔しないことだから。

重く響くような音と共に門は完全に閉ざされた。

辺りは静寂に包まれる。

「？　あれ、場面が切り替わらない」

不思議そうにあたりを見渡す修太郎。

今までの傾向では、魔王達が見た光景を追体験するだけだった。しかし、この場に若きセオドールはいないのに、視点は残された三人に定まったままになっている。

「…………」

セオドールは複雑そうな面持ちで三人を眺めていた。

崩れ落ちるようにして泣く聖女メロイアと、彼女に寄り添い抱きしめる賢者エネリス。そして寂しそうに佇《たたず》むハイルーン。

やがて空間がぐにゃりと曲がる。

景色は平原から森の中へと変わっていた。

森の奥の小さな家の扉が開く。

「薪《まき》割《わ》りなんて別にしなくてもいいじゃない。私を誰だと思ってるの？」

「ははは。違うよ、それは誰よりも理解してるさ。ただこうも平和だと僕の体が鈍《なま》っちゃうからさ」

そんな会話をしながら仲睦まじい様子でハイルーンとエネリスが家から出てきた。ハイルーンは幸せそうにエネリスを抱きしめた後、頬にキスをして薪割りに出かけていった。

〝あの後僕はエネリスと結婚したんだよ。平和のためにって王様がうるさくてね。まあでも魔物のいない世界には勇者も賢者もいらないからね、静かに過ごせるように山奥に家を建てたり、楽しかったな〟

「確かに平和だ」

セオドールは少し頬を緩めながらそう呟く。

修太郎も目を輝かせて二人の暮らしを眺めていた。

森の中に斧《おの》の音が響く。

軽快な調子で薪割りを続けていたハイルーンは、なにかに気付いたように鋭い眼光を一点に向けた。

「誰だ？」

「！」

視線は修太郎達の方へと向けられている。

歩み出そうとするセオドールを手で制す修太郎は「僕らは見えてないはずだよ」と呟いた。

バートランドの世界でそうだったように、凱旋パレードの時も修太郎達は幽霊のように人々の体をすり抜けていたからだ。

背後でパキパキと枝葉を踏み締める音が響く。

そこには怪しい雰囲気の騎士達が立っていた。

「勇者ハイルーン殿とお見受けいたします」

「だったらなんだ」

「我々と一緒に来ていただきたい。王命でございます」

「はぁ……」

ハイルーンは無言で切り株に斧を叩き刺し、布で汗を拭った。

「仮に王の命令だとしても、それに従う義務があるのかい？　僕達は魔王討伐という十分な仕事をしたじゃないか」

「それに関しては人類全員が感謝しております。が、ここは王の土地であり、あなた方は王に与えられた家に住んでいる」

「なら出ていけばいいんだろう。家なんてその気になればエネリスの魔法で出せる」

「エネリス様は既に城に向かわれましたよ？」

「なんだと？」

ハイルーンは切り株の斧を引き抜いた。

騎士達との間に不穏な空気が流れる。

「大人しく同行された方がよろしいかと……」

エネリス様のためにもと、不気味に笑う騎士。ハイルーンはしばらく沈黙したのち、斧を地面へと落とした。

「ハイルーンよ、なぜ戦わない」

「エネリスさんが同意したから、かも」

苛立《いらだ》つようなセオドールの呟きに、修太郎は気遣うような口調で答える。

「奴が簡単に同意するとは考えにくいが……」

そう言って小首を傾《かし》げるセオドール。

やがて場面が切り替わり、人々の怒号が飛び交う戦場の中心に二人は立っていた。

「勇者ハイルーンだ！」

「撃て撃て！　止めろ!!」

叫ぶ兵士達の視線の先、上空から凄《すさ》まじい速度で落下したハイルーンが、地面に剣を突き立てた。地面に雷光が迸《ほとばし》り、周りの兵士が炭となり消えていく。

「…………」

王国騎士の鎧に身を包むハイルーンの表情は曇《くも》ったままだ。

〝魔王が支配していた広大な土地を得るために、人々は戦争を始めたんだ。醜い争いだよ。勇者なんて呼ばれてはいたけど、僕にできることなんてほとんどなかった〟

「これが戦争か」

悲しげな表情でぽつりとそう呟くセオドール。人々のために戦ってきたハイルーンが、人々を倒す立場になるとはいたたまれない。

ハイルーンが感情に浸っている間も、味方軍の兵器が敵兵を蹂躙《じゅうりん》してまわっていた。それは、魔王相手にも勝負ができそうな巨大な機械兵だった。

「凄まじい剣技でした！」

「ハイルーン将軍がいるだけで士気が上がりますよ！」

味方兵達からの称賛を軽く流しながら、地面から剣を引き抜くハイルーン。救国の英雄である彼が戦場にいるだけで味方の士気が高まる。

「ハイルーン、無事ですか？」

「ああ、大丈夫だ」

　そう言って駆け寄ってきたのは聖女メロイア。ハイルーンの無事が確認できるや否や、彼女は肩で息をしながら、倒れている味方の兵士達の治療に取り掛かっている。

「少し休んだらどうだい。何日寝てないんだ」

「傷付いている人がいるのに寝ていられません。せめて一人でも多くの命を救いたい……戦争に参加しているのに、矛盾していますよね」

　味方の兵士もひとつの命。

　敵の兵士もひとつの命だ。

「ゴホッゴホ……ッ！」

「おいやっぱり……」

「どうかお気になさらず。きっとセオも塔をボロボロになりながら進んでいるはずですから、負けてられません！」

　気丈に振る舞うメロイアだが、やはり顔色は悪い。誰の目から見ても疲弊しているのが分かるほどだった。

「前も聞いたが、エネリスとは一緒じゃないよな？」

「ええ。部隊が違うとなかなか会えないそうですから……でも戦場では彼女の魔力を感じられます。どこかで一緒に戦っているはずです」

「そう、だよな……」

「はやくこんな争いは終わらせて、また静かに暮らせるといいですね」

そう言ってメロイアはぎこちなく微笑んだ。

ハイルーンは彼女を探すように戦場を見渡す。

「終わらせたら迎えにいくぞ、エネリス……」

そう呟きながら、ハイルーンは戦場を駆けた。


「やはり妙だな」

「なにが？」

「エネリスの姿が見えない。部隊が違うといえど奴が戦えば場所はすぐに分かるはず……気配はあるのだが」

不思議なことに気配だけは感じられる。

それもかなり近くに――


再び場面が切り替わり、今度は城の中へ。

傷だらけになったハイルーンが王の前に首《こうべ》を垂れていた。

「ご苦労ご苦労。勇者殿のおかげで我が国の領土は世界の八割を超えた。もはや敵対勢力もいない。完全なる我々の勝利だ」

王様の言葉に城内が野太い雄《お》叫《たけ》びに包まれた。ただ一人、ハイルーンだけは王からの別の言葉を待っていた。

「僭越《せんえつ》ながら王よ、戦争が終わるならば約束通りエネリスとメロイアも解放していただきたい」

「おお、そうじゃったそうじゃった」

王様が手を叩くと、奥の方からガチャガチャという金属音と共に、手枷《てかせ》をつけられた賢者エネリスと聖女メロイアが連れられ現れた。

「ごめんハイルーン……」

エネリスが力なくそう呟いた。

ふつふつと湧き起こる怒りの感情。

「なぜこのような……」

そして二人の異変に気付いたハイルーンは絶句した。

なぜなら彼女達からは一切の魔力を感じられなかったから。

思い出したように王様は席を立つと、中庭が見える窓へと歩いてゆき、ある一点を指差した。

「器は返す、が、力を返せとは言われておらん」

「……？」

ハイルーンはよろけながら立ち上がる。

中庭には王国の兵器が横たわっていた。

まさか――と嘆くような声が漏れる。

セオドールは怒りを込めて王様に斬りかかった。

「セオドール！」

「それが人間のすることかッ!!」

　修太郎の制止も聞かずがむしゃらに剣を振るう。しかしその剣は虚《むな》しく空を切るばかりだった。その間もハイルーンは兵器に目線が釘付《くぎづ》けになっていた。そして中からエネリスとメロイアの気配を感じ取っていた。

「エネリス殿の魔力と才能は素晴らしい。戦果は勇者殿ですら敵わないだろうな、なにせ屠《ほふ》った敵の数は数十万を超える！　メロイア殿の癒しの力も正に奇跡！　勝利を盤石《ばんじゃく》のものとしたのは彼女らの功績と言っても過言ではない！」

　メロイアとエネリスは疲弊しているのか、ぐったりとして唸《うな》っているばかり。

　王様に背を向けたままハイルーンは呟く。

「……二人を元に戻せ」

「するつもりもないがな。つまりだ、一人で戦況を揺るがすこの二人が我々を裏切れば国が傾きかねんのだよ。国の脅威を野放しにしたら平和は永遠に訪れんからな」

「この兵器と、彼女達から力を奪ったその技術があれば、貴様らだけで魔王を倒せたんじゃないのか!?」

「なにを言っておる。魔王の骨を材料に魔力伝導率を極限まで高めた外装、そして二人の莫大《ばくだい》な魔力があってこその兵器じゃ。つまり勇者殿の活躍なくしてこの兵器は完成しておらん」

　唇《くちびる》を血が流れるほど強く噛《か》み、ハイルーンは再び視線を兵器に向けた。

「ならなぜ僕を兵器に組み込まなかったんだ」

「剣術は体現できず、魔力も二人より劣るときたら必要なかろう。ただ勇者という肩書きには大いに助けられた！　戦場の士気や国民達の鼓舞にも活用できたからの」

　そう言って王様は声をあげて笑った。

　最低だよ、と修太郎は呟く。

　セオドールはただ押し黙っていた。

「そうか、そうか僕はずっと……」

　利用されてたんだと、ハイルーンは力なく言う。そして流れるような動きで剣の柄へと手を伸ばし、一気に振り抜いた！　飛ぶ斬撃は王様へと迫り――そして障壁によって弾かれた。

　中庭で兵器の瞳《ひとみ》が怪しく光っていた。

「所詮《しょせん》は紛い物の勇者よ。呪うなら無謀にも塔へと消えた本物の勇者を呪うがよい」

　王様の高笑いと共に、城内は砂が崩れるように消えてゆく。失意のハイルーンは床に膝をついたまま、同じように消えていった。なにもない漆黒《しっこく》の空間で、修太郎とセオドールだけが残されていた。

「俺は選択を間違えたのか」

　セオドールがポツリとそう呟いた。

「あのまま塔に挑まずいれば、少なくともこのクズ王は殺すことができただろう。そうすればハイルーン達は……」

「…………」

セオドールは過去を後悔している。

修太郎はかける言葉が見つからなかった。

〝もう傷付く必要はないんだよ。また私とニブルアの木の下で幸せに暮らしましょうよ〟

バートランドとハトアの会話から鑑《かんが》みるに、召喚獣契約は過去に戻るという選択を取らず、今を生きる選択を取ることではじめて成立する。そして鍵となる人物は過去に戻ることを勧《すす》めてくる。過去に戻った者がどうなるかは分からないが、客観的に見てもセオドールは過去を選ぶ可能性があった。

それでも修太郎は沈黙を続けた。

（けど、それがセオドールの選択なら……）

修太郎は魔王達の選択を尊重するつもりでここに来ていたから。たとえ光の神との戦いが不利になろうとも、魔王達の尊厳を損《そこ》なう真似《まね》はしたくないと。

「久しぶりだね」

「セオ……」

虚空から二つの光が現れた。

それは人の形を成してゆき、賢者エネリスと聖女メロイアに変わっていった。

セオドールの表情は晴れない。

「すまない、俺は……」

「会いたかった……！」

セオドールの胸に飛び込むメロイア。

しばらく二人は言葉を交わさず、ただきつく抱擁《ほうよう》を交わした。

別々だった時を取り戻すように、長く、長く。

「ま、私らは説教しに来たわけじゃないよ」

揶揄《からか》うような目線を向けるエネリス。

メロイアも胸の中で小さく微笑んだ。

「しかし俺は……」

「堅物だったセオドールはどこいったの⁉　昔のアンタだったら〝お前達の強さが足りなかった、ただそれだけだ〟とか言ってるくせに」

「あ、なんか分かります」

二人の女性に揶揄われ、しどろもどろになるセオドール。メロイアは胸に顔を埋《うず》めながら、ゆっくりと語りだす。

「貴方《あなた》が塔の上を目指したこと、きっとそれは運命だと思います。そこで出会った人達、経験、貴方が救った未来の世界も、全ては貴方の選択のおかげ――強さを求めた自分を責めないで」

「しかし俺が残れば、お前達は……」

「それもまた私達の運命です」

「残酷な運命が変えられるなら変えるべきじゃないのか？　俺にはその権利があるんだろう」

　セオドールは一瞬、修太郎と目が合った。

　修太郎はただ小さく頷いてみせる。

「馬鹿言ってんじゃないわよ！」

　エネリスの怒号が轟いた。

「アンタ一人残ったところで大して変わらないわよ。騙《だま》されやすいアンタなんか丸め込まれて終わりよ！」

「？　相手に悪意があれば普通に分かることだろう」

「あーでたでた！　はームカつくわ」

　などと口論したのち、エネリスは修太郎に気付き、優しく微笑んだ。

「そういう訳だからさ、さっさと連れて帰っちゃってよ」

「え、でも……」

「いいのよ、これが私達の選択だから。セオが塔を登らなければ竜が攻めてくる未来の世界はそのまま滅んでたかもしれないんでしょ？　大きな時の流れで見たら、アイツの選択は間違ってなかった」

　呆気《あっけ》に取られる修太郎。

　エネリスとメロイアは、セオドールが過去に戻ることを望んでいなかったのだ。

「私達が魔王を討ったのは、私達の友人や家族のため。けど、未来の人々のためでもある。大義を成すというのはそういうことでしょう」

「…………」

「貴方が過去に戻れば私達は助かるかもしれない。私達が老衰で死ぬまでは平和かもしれない。でも１０００年後、１０００年後はどうでしょうか？　貴方は間違っていません」

メロイアの言葉に、セオドールは黙って頷いた。決意が固まったのを悟るや否や、エネリスはバツが悪そうに頬を掻き口を開く。

「でさ、私の旦那《だんな》も早く眠らせてやってね。結局アイツのことを一番知ってるのは、アンタなんだからさ」

「……承知した」

「ん、いい返事ね。それじゃあ——任せたよ」

賢者エネリスはそう言い残すと、光の粒子に変わって消えた。聖女メロイアも足元が徐々に光に包まれていく。

「愛しています。これからも」

「ああ、俺も愛している」

「いってらっしゃい」

「ああ、いってくる」

まるで夫婦のように言葉を交わすと、メロイアの体も幻のように溶けて消えた。空間がぐにゃりと変化し、視界が晴れると、三つの墓の前に立っていた。

塔が見える小高い丘に立てられた墓。

三人の親友が眠る場所。
「迷いは消えた。俺はこれからも進み続ける」
別れを告げるようにそう呟くと、セオドールは踵《きびす》を返《かえ》し、修太郎に微笑んだ。
【セオドール　と召喚獣契約を結びますか？】
ＹＥＳ　／　ＮＯ
表示された選択肢。
修太郎は迷わずＹＥＳを押した。

【セオドール　の召喚獣契約に成功しました！】
【セオドール　のレベル上限が２００になりました！】
【セオドール　の種族がランクアップしました！】

＊　＊　＊　＊

とある森の奥深くで獣《けもの》の遠吠《とおぼえ》が響いた。

かつて人族が住んでいた名残《なご》りとして、朽ちた石造りの建造物が点在している。

「あの頃の匂い……懐かしいな」

感慨深そうに呟くシルヴィア。

「そこら中から色々な生き物の気配がするね！」

ワクワクした様子で周りを見渡す修太郎。

側《はた》から見ればなんの変哲もない森であるが、並大抵の人間は生きて帰ることは叶《かな》わない。そこかしこから獰猛《どうもう》な気配が感じられる。

「！　何か来る」

気配のする方向へ修太郎が視線を向けると、荒い息遣いと共に巨大な猪《いのしし》が現れた。

何かから逃げるように直線に駆ける。

前方、後方、そして左右から遠吠えが聞こえる。かまわず進む猪へ二匹の狼《おおかみ》が襲いかかる！

「兄様……」

消え入りそうな声で呟くシルヴィア。

彼女の体を猪と狼がすり抜けていく。

「もう逃がさないぞ！」

「くそう、硬いなコイツ！」

分厚い皮膚に牙《きば》と爪を立てながら一緒になって引《ひ》き摺《ず》られる二匹。そのまま進む猪は巨大な岩を見付けると、その二匹を圧死させんと体当たりを繰り出した。

「！」

岩と猪の前にヌッと現れた別の灰色狼。

その体躯《たいく》はゆうに五メートルを超えていた。

歴戦の戦士を彷彿《ほうふつ》させる鋭い眼光と牙。

それまで疾走していた猪が初めて止まり、力強く身震いをするその刹那――猪の首が宙を舞った。

「倒したー!!」

シュタッと木の上に着地した小さな狼。

六人兄弟の末っ子シルヴィアだった。

「あれが小さい時のシルヴィアかぁ!」

「ええ。自分で言うのも変ですが、我ながら勇ましいですね」

「ちっちゃくて可愛《かわい》い!」

正にショウキチ達に正体を隠していた頃のシルヴィアそのままの姿であった。シルヴィアは「かわいい……?」と少し腑《ふ》に落ちないように唸りながら、今は亡き兄達の姿を目に焼き付けていた。

空間がぐにゃりと曲がり、場面が切り替わると、数匹の狼が猪を囲って食事する姿があった。

家族で仲良く食事にありつきながら、一際大きな狼――父アウロンが口を開く。

「一番やんちゃだがシルヴィアは狩りの筋が一番良い。それに、そのスキルは正に森神様からの授かり物だ」

「えっへっへー!」

父に褒められ得意げなシルヴィア。

他の兄弟達は悔しそうに肉を齧《かじ》る。

「シルヴィアのお父さんとお母さんか、綺麗《きれい》な狼だね」

「ええ。最高の灰狼族でした」

そう言ってシルヴィアは懐かしむように目を細めた。

「母様も褒めて褒めて！」

「シルヴィアは本当甘えん坊なんだから」

強くても生まれて間もない未熟な狼だった。一番食いしん坊、一番暴れん坊で、一番の甘えん坊だった。そんな彼女を母親は可愛がり、兄弟達も可愛がった。

「こんな日常がずっと続けばいいのにと、そう思っていました」

「…………」

寂しそうにそう語るシルヴィア。

修太郎は察していた。

この幸せは長くは続かなかった、その結果、彼女が獣の王《彼女》になるのだと。

残酷にも空間がぐにゃりと変化していく。

「きっかけはこの追いかけっこでした」

シルヴィアは思い出すように語りだす。

幼きシルヴィアが兄弟達と追いかけっこをしていると、長男が普段は通らない道を進み出した。嗅覚強化のスキルを持つ長男は索敵能力に長《た》けており、鼻をヒクつかせながら「この先に何かある」と進んでいく。

六人兄弟がたどり着いたのは朽ちた遺跡。

そこは六人が初めて来る場所だった。

「すごい場所に出たぞ」

「なんだよ、人族のガラクタじゃんか」

「でもこんな状態が綺麗なのは初めて」

兄弟達がやいのやいのと会話する中、幼きシルヴィアはある一点を見つめ口を開く。

「あれなんだろ？」

視線の先には遺跡のアーチがあった。

蔦《つた》や苔《こけ》に覆われながらも、しっかりとその形を残したアーチ。驚くべきはその内側で、昼間だというのに夜のように暗く黒く淀《よど》んでいた。

なんだこれ？　秘密基地か？　と、興味津々の兄弟達が近付こうとしたその瞬間——

「ここで遊ぶんじゃない！」

凄まじい怒号が辺り一帯に響き渡った。

見れば恐ろしい形相の父がそこにいた。

兄弟達は父親のあんな顔を見たのは初めてで、皆一様に驚き怯《おび》えた表情を見せる。

父は兄弟達を連れ帰路につく中で振り返ると、忌々《いまいま》しい物を見るようにあのアーチを睨み付けていた。

「あの先にベオライトが自分を鍛《きた》えた世界があるんだね」

修太郎の言葉を背に受けながら、アーチに手を添えるシルヴィア。アーチの表面はブヨブヨとまるで水面《みなも》のようにうねっており、見ているだけでも吸い込まれそうに錯覚する。

「そうです。ですが本来ここは修練の場ではありません。森の掟《おきて》では、家族殺しを行った重罪者をこの中に入れて罰としたようです。この中に入ると、自分が自分ではなくなりますから」

もっとも、それを知ったのはシルヴィアがアーチから出た後のこと。アーチの恐ろしさを知っていたから、父はあれほどの剣幕で怒ったのだと今は理解ができる。

再び場面が変わり、木の根の下に掘られた家の中、なかなか寝付けない幼きシルヴィアが身を起こした。珍しく母も起きていた。

「どうしたの？」

優しい母の声。

「…………」

シルヴィアは黙ってその光景を眺めていた。

幼きシルヴィアは身を寄せるようにして母の寝床に収まると、昼間あったことを語った。

黙って頷いていた母が口を開く。

「あの先には死が待ってるわ」

「行ったら死んじゃうの？」

「そうねぇ」

不安そうな様子の幼きシルヴィアを包み込みながら、母は優しい口調で続ける。

「あのアーチの先に行った者は誰一人として帰ってこなかったの。お父さんのお兄さんも、お母さんの友人もあの向こう側から帰っては来なかった——だから行ってはいけない場所なの」

腑に落ちない様子の幼きシルヴィア。

母は困ったように続ける。

「シルヴィア、好奇心が強いのは良いことよ。あなたが誰よりも勇敢なのも知ってる。でもね、お父さんやお母さんを悲しませることだけはしないで頂戴。いいわね？」

そう言われ幼きシルヴィアは観念したように「わかった」と頷いた。

幸せそうな家族の風景。

修太郎はそれを見ながら呟いた。

「シルヴィアは過去に戻りたいと思う？」

「どうしてそう思われますか？」

「…………」

セオドールが過去に戻らなかったのは、賢者エネリスと聖女メロイアの助言によるところが大きかった、と、修太郎はそう解釈していた。魔王達の意思に委ねると決意してきたはずだった、はずだったのに、セオドールと仲間達のやり取りを見て修太郎の決意が揺らぎ始めていた。

行かないでほしい——

そんな言葉が口をついて出てしまいそうで、修太郎は自分の弱さに嫌気がさした。

「私はどこへも行きません」

シルヴィアは膝をつき、修太郎の手を取り目を見て言った。

「私の家族は、私の中にいます」

修太郎を気づかうような優しい口調で続ける。

「私に居場所をくれたのは貴方です。私に目的をくれたのも貴方です。私は貴方に一生お仕えすると誓いました。獣の王として、この言葉に嘘偽《うそいつわ》りはございません」

シルヴィアは、心に留めていたことをあえて全て口に出した。今までの感謝を伝えるように、丁寧に。

「ありがとう……」

修太郎は涙を拭《ふ》いてそう呟いた。

修太郎の虚勢が、不安が、取り払われていく。

「この甘い夢のお陰《かげ》で私はようやく決心できました。私は使徒と戦います。戦えます。恐らく父様もそれを望んでいる」

そんな決意を胸に立ち上がるシルヴィア。

空間がぐにゃりと曲がり、場面が切り替わると、大勢の冒険者を連れた考古学者が遺跡の前にやってきていた。

「ここだ、間違いない！」

「あったなら任務達成でしょう？　俺達は調査依頼まで受けてませんよ」

「やかましい！　私がどれだけこの遺跡を探していたか貴様らには分かるまい！　これを前にして帰路につくなど有り得んわ！」

興奮した様子の考古学者。

別の冒険者は怯えたように辺りを見渡す。

「ここって灰色狼共の縄張りっすよ？　幼体でもレベル70からいるって言うじゃないですか。群れで襲われたら流石に我々じゃ……」

そんな冒険者の視界の端に何かが映る――咄嗟《とっさ》に武器を抜くと、仲間も反射的に武器を取った！

茂みの中から牙を剥《む》いた二匹の狼が現れた。

それは、父や母からの忠告では納得いかず、再びこの場所に来ていた長男と次男だった。

「人だ、人が俺達の縄張りを荒らしている！」

「何も奪わせない！　追い払う！」

二匹はジリジリと冒険者達に詰め寄る。

冒険者達は素早く戦闘態勢に入った。

手《て》練《だ》れの冒険者に兄弟達が蹂躙されていく。そして駆け付けた父も――

傍観するシルヴィアは悲しげな表情で呟く。

「相手の冒険者に強い奴がいました。兄達が負け、そして父様が負けた。私はその男と刺し違える覚悟でアーチに突っ込み、ご存じの世界へと飛ばされたんです」

体中に血を滲《にじ》ませながら、やっとの状態で立つ父と無傷の冒険者。まさに今、父が討たれようとする刹那、幼きシルヴィアが飛び出した。

光の剣を口に咥え、冒険者の剣を叩いた。

「なにっ⁉」

驚愕《きょうがく》の声を上げる冒険者。

そのままの勢いで力任せに体当たりを繰り出すと、後ろに佇むアーチへ、幼きシルヴィアが冒険者もろとも吸い込まれてゆく。

闇に飲まれるその中で、父と母の叫び声が響いていた——

「これが家族との最後の記憶です。私の身勝手な行動で、父様の誇りも汚《けが》してしまった。家族に謝ることもできなかった」

当然、場面が切り替わると思ったのだろう——そう呟き、踵を返すシルヴィアの手を修太郎が咄嗟に摑《つか》んだ。

「まだ続いてるよ」

そして修太郎はある一点を指差した。

加速度的に変わってゆく風景。

場面の切り替わりとは違う、映像の早送りのような現象が起こっていた。

森の葉が青くなり、赤くなり、枯れる。

「父様……？」

アーチの前に父が静かに座っていた。

雨の日も、雪の日も、周りの景色が変わってもそこだけ時間が止まっているかのように、石像のように動かない。

「もういいんだ」

シルヴィアが悲痛な声を上げる。

しかし、その声は届かない。

時折り母と兄弟達がやってきたが、父だけは全く動こうとしなかった。

１年、１０年、そして２０年が経った。

アーチの前には父だけが座っている。

さらに５０年の月日が経ち——

「父様……」

そしてある雪の晩、アーチの前に横たわる父の姿があった。呼吸は小さくなり、やがて止まる。シルヴィアを失った日からずっと待ち続けた父。最後まで二人が会うことは叶わなかった。

「使徒として再び会えたのは運命かもしれません」

父の遺体が砂のように消える様を見届けながら、シルヴィアはか細い声でそう呟いた。

修太郎は彼の生き様をしっかりと目に焼き付けた。

＊　＊　＊　＊

再び場面が切り替わると、幼きシルヴィアはアーチから脱出した後の森の中にいるようだった。体は人型の美しい女性へと変化していた。

彼女はかつての家の前で佇んでいた。

大樹と、その根本に少しだけ空《あ》いた穴——家の名残りだけがある。

「この時の私は家族に会うためだけ、そのためだけにあの場所から脱出しました」

シルヴィアは昔の自分を眺めながらそう呟く。

家の前には幻影のように兄弟達が駆け回る姿が浮かんでいた。そして窪みの奥、大樹を支えるような形で立つ父と母の姿があった。

「数百年もの間、皆の魂はここに在《あ》った。私が帰るまで家を守ってくれていました。父の魂もここに在った」

シルヴィアの父は、体が朽ちるまでアーチの前で子供の帰りを待ち続け、そして家族は魂になっても家を守り続けた。

過去のシルヴィアは寂しそうに笑った。

「ただいま」

彼女の長い長い旅が、ここで終わった。

空間が瓦解《がかい》するように暗転してゆき、漆黒の世界に変わる。残された修太郎とシルヴィアの前に光が集まってゆき、それはシルヴィアの母の形となった。

「ああ、シルヴィア……」

「母様……！」

互いが存在していることを認識し合うように、顔をこすり合わせる二人。程なくしてシルヴィアの方から離れると、母は寂しいような嬉しいような表情を浮かべ頷いた。

「流石はわんぱく娘ね。大きくなったわ」

「わ、わんぱくは止めて下さい」

「……そうね。もう立派なレディーだものね」

そう言って母は嬉しそうに目を細めた。

「兄様達は？」

「あの子達は立派に天命を全うしたわ。貴女のことを気にかけていたけれど、怖いもの知らずのやんちゃ坊主達を早く自立させなきゃ心配でしょう？　早く立派な狼になりなさいって」

「それは、とても安心しました……」

そう言って笑顔を見せるシルヴィアに、母は物悲しげな顔で続ける。

「父《アウロン》の事は分かってる。お父さん貴女が帰ってくるまではここから動かないって、頑なにね。どうしても貴女に伝えたい言葉があったみたい」

「伝えたい言葉？」

「ええ。でもそれは彼から直接聞いてあげて。お父さんはきっと今でもあの場所でずっと貴女を待っている、お父さんの時間は止まったままだから」

母の体が光を散らして消えていく。

シルヴィアは涙を堪《こら》え、叫ぶ。

「心配ばかりかけてごめんなさい！」

シルヴィアの言葉に母は優しく微笑んだ。

「愛しているわ、シルヴィア」

「私も……愛しています……！」

光が消えると同時に、辺りは再び漆黒の闇に包まれた。

「ありがとうございました」

小さく頭を下げるシルヴィアに、悲しげな表情で歩み寄る修太郎。

「あまり長く話せなかったね」

「いいんです。兄達にもそうだったように、母様は私が独り立ちできるように、あえてそうしたんだと思います」

「そっか……そうかもしれないね」

シルヴィアは晴れ晴れとした顔で微笑む。

「本当にもう思い残すことはありません」

【シルヴィア　と召喚獣契約を結びますか？】

ＹＥＳ　／　ＮＯ

表示された選択肢。

修太郎は迷わずＹＥＳを押した。

【シルヴィア　の召喚獣契約に成功しました！】

【シルヴィア　のレベル上限が２００になりました！】

【シルヴィア　の種族がランクアップしました！】

＊　＊　＊　＊

修太郎とガララスの前に大勢の赤ん坊が並べられていた。

赤ん坊といっても大きさはすでに１２０センチを超えており、流石は巨人の赤ちゃんだなと修太郎はそれを冷静に分析していた。

「我は生まれながらの王だった」

「王位継承者ってこと？」

「そうではない。この時の我には何の権力もなかった。この世界は力こそ全て、力を持つ者が全てを手に入れられる世界だった。つまり、我は生まれた直後から誰よりも強かった」

そう言って得意げに腕を組むガラス。

本当かなぁと苦笑する修太郎。

「流石に生まれた直後じゃあ大人の方が強いと思うよ？」

「そんなことはない」

二人が見つめる先で、王様による残酷な儀式が進行していた。

「この子供はダメじゃ。速《すみ》やかに火の神への供物《くもつ》にせよ」

「そんな、待ってください……！」

当時の王は、生まれたばかりの子供を見定め、資質のない子供は火口に落とし国の発展のため火の神の供物として捧《ささ》げていた。

「もう限界だ……」

「子供が全て殺されてしまう」

「愚王《ぐおう》め……！」

王の狂った行動はやがて民達の反感を買い、愚王とまで呼ばれるようになった。しかし愚王と呼ばれようとも、武力で彼を上回る者は現れない。強い者が、王であり続けられる。

「この子供はどうだ？」

王が吟味する子供達の中に、乳児期のガラスはいた。持ち上げる王の手に力が入る。

「この子供は……！」

何かに勘づく王。

そして、生後間もないガララスは、自分を持ち上げた王の腕を——へし折った。

「ぐおおおお！！！？」

いくら膂力《りよりよく》に優れた巨人でも、赤子が成人を力で負かすなど聞いたことがない。それも、相手はただの成人ではない。代替わりの激しい王の座を守り続ける戦士の中の戦士なのだから。

「どうだ？」

「…………」

恐ろしい赤ん坊だと、修太郎は喉元《のどもと》まで出かかった言葉を飲み込んだ。

そのまま赤ん坊のガララスは王の頭を掴み、首までねじ折った。

力が全ての種族の王を赤子が殺したのだ。

生贄《いけにえ》にされた子供達の怨念の権化だと恐れられると同時に、強者こそが王であるという考えのもと、まだ自分で食事も取れない彼は、生後数ヶ月にして国の王となった。

「生まれながらの王様というのは理解できたよ」

「そうだろう。巨人族始まって以来の怪物と呼ばれたものだ」

しみじみとそう語りながら髭《ひげ》をさすって頷くガララス。開始早々、人の死を見てしまった修太郎は重い気分のまま見続けた。

二歳で戦場に送られ無傷で生還。

十歳にして水の国を滅ぼした。

二十歳で風の国を支配下に置く。

三十歳で土の国を滅亡させた。

正に常勝無敗の王であった。

「本当にびっくりしちゃうくらい戦いだけの場所なんだね……」

「戦争中故にやむなしだ。もちろん娯楽もある。敗戦国の兵士をだな――」

「うん、ごめん後で聞くことにするね」

食傷気味だと言わんばかりに話を終わらせる修太郎。ガララスは過去の栄光を追体験しているのに気分を良くしているのか、嬉しそうな顔を浮かべていた。

＊　＊　＊　＊

火の国アルヴォサ、謁見《えっけん》の間――

活火山を囲うように栄えた国の中、山頂に聳《そび》えた城の玉座に座りながら、九代目の王ガララスは退屈そうに家臣達を見下ろしていた。

この頃のガララスは、侵略した領土から捕虜や奴隷を自らの国に集め労働力に変えることで、国力上げに勤《いそ》しんでいたようだ。

強い者に惹《ひ》かれる性質をもつ巨人にとって、百戦錬磨のガララスは誰もが認める王の中の王。敗戦国の兵の多くが軍に加わり、アルヴォサ軍は日を追うごとに巨大化してゆく。

五国に攻め入ったことは何度かあった……しかしその度、敵国はガララスの軍ではなく、留守にした領地の民を殺して回るのだ。

守るものがあることへのもどかしさ。

王としての務め。

次第に剣を振るう機会は減っていた。

「つまらんな……」

「まさしくつまらん」

若きガララスと現在のガララスが同時にため息を吐いた。

「もっと無茶する王様かと思ったけど、すごく堅実だね」

「不本意だがそうせざるを得なかったのだ。本当ならば我一人いれば戦争は勝てる。国力を上げずとも力のみで世界を屈服させられるというのに……と、この時の我は毎日そう考えていた」

冷静に過去の自分を見つめ直すガララス。

若きガララスは悶々《もんもん》としている様子だった。

コツコツと国力を上げるだけの日々。

民を大切にし、育てるようになった。

一人の力で始められなくなった戦争。

空席にしておけなくなった玉座。

もう何十年と好敵手に出会えていない。

「この時の我は、国は一人で創れるとそう信じていた。狭い世界しか知らなかったからな」

過去の自分を見ながらガラスはそう呟く。

若きガラスからは再びため息が漏れた。

自分にとってはどうでもいいことに思えたが、王である以上は〝そうするべき〟なのだと自分を納得させ、そのように努めていた――

空間がぐにゃりと変化し、時間が飛ぶ。

「連れて参りました」

家臣に連れられ、ボロ切れを纏《まと》った子供の群れが謁見の間へと入ってくるのが見えた。

気になった修太郎が尋ねる。

「あの子達は……？」

「我の人生の分岐点は間違いなくここだ」

ガラスの意味深な言葉に、修太郎はそのボロ切れを着た少年達へと視線を移した。

目を細めて一人一人を観察する若きガラス。退屈凌《しの》ぎに、先代の王がやっていたような〝資質を見極め兵として鍛える遊び〟をやっていた彼は、その中の一人に目を留めた。

「小僧。その鳥はなんだ？」

声を掛けられた子供が、ドキリとした表情を浮かべ素早く両手を後ろに隠す。

その子供は孤児であった。

彼は、自分が何故《なぜ》ここに連れてこられたのか理解していない。

チチチチと雛鳥《ひなどり》の鳴く声が響く。

家臣達は怯えた様子で王を見上げている。

「あっ！　ロモだめだ！」

子供の手から飛び立ったのは青色の鳥。

若きガララスの横を飛び去ろうとした刹那、目にも留まらぬ速さで鳥を掴むと、若きガララスは興味深そうに目を細めた。

「ほう。ハイテニオの雛鳥か」

「王様、ご無礼をお許しください」

「よい。我は寛大《かんだい》な王だからな」

そう言いながら、若きガララスはジタバタと逃げようとする雛鳥の観察を続ける。

「ハイテニオの雛は肉が柔らかく蜜のように甘味だそうだな」

「ロモはその、友達なので食用ではございません」

隣で家臣が制する声も聞かず、子供は不安げな顔で若きガララスを見上げている。

「貴様、名前は？」

「あ、アグニでございます」

名前を聞いた若きガララスはニッと笑い、玉座から立ち上がる。

「そうか。アグニ、この鳥を少し借りるぞ」

「そ、その子は友人です！　何卒《なにとぞ》、何卒！」

雛を摑んで奥の部屋へと歩いていく若きガララス。必死にしがみつくアグニ。周りの家臣達が引き剝がそうと止めるも、子供とは思えない力で振り払い再びガララスへとしがみついた。

「なぜこんなことをとお思いでしょう」

「それは、うん」

修太郎は正直に頷いた。

「ハイテニオ、別名は寄生鳥。ある段階まで成長すると親鳥の体内に潜り、それを食らって力を得るとされている」

「それじゃああのままアグニ君が飼い続けたら」

「寄生されて死ぬのがオチだ。しかし、奴には類《たぐ》い稀《まれ》なる才能を感じていた。放置するにはあまりにももったいない」

そこまで語って、ガララスは過去の自分とアグニのやり取りに再び視線を送る。

「お許しください！　そんな、待って！」

必死にしがみつくアグニ。

涙を流しながら必死に訴え続ける。

若きガララスはお構いなく羽根をパラパラと毟《むし》っていく。

「ロモ！　ロモ！　そんな、ロモ！」

ついには飛びかかろうとするアグニを見て、家臣達が武器に手をかけるも、若きガララスは鋭い眼光で止めさせた——そして、雛鳥を口へと放り込んだ。

静まり返る城内に、プチリプチリと咀嚼音《そしゃくおん》が響く。

「ああああ!!」

アグニは瞳に復讐《ふくしゅう》の炎を宿しながら、力一杯殴り付けた。

何度も、何度も、何度も。

殴るたびに拳の速度・威力が上がってゆき、遂には若きガララスの耐久力をも上回ったのか、彼を殴り飛ばすまでに至った。

見込んだ通りだ――と、若きガララスが満足そうに笑う。

「貴様を今日から鍛える。我が食った鳥の仇《かたき》、いつでも取りに来るがいい」

声高らかに笑いながら奥の部屋へと消えてゆく。

アグニは涙でぐしゃぐしゃになった顔を乱暴に拭きながら、いつまでもその背中を、忌々《いまいま》しそうに見送っていた。

「理由を話せば和解できたかもしれないのに……」

修太郎はその様子をハラハラしながら見届けていた。ガララスは首を振ってそれを否定する。

「理由を話してもどの道あの鳥は取り上げて処理する運命。ならばアグニの潜在能力を開花させるためにもこうする方が良かった」

場面が切り替わり、訓練所へと移動した修太郎とガララス。そこには腕組みして見下ろしている若きガララスと、肩で息をするアグニの姿があった。

若きガララスは暇つぶしに育てていた。

育てた、といっても親としてではない。

将来を担う兵として鍛えていたに過ぎない。

或《ある》いは、己を超えさせるためか――

「……せやぁ！」

剣を突き立てるアグニ。

若きガララスはそれを簡単に振り払うと、やれやれとため息を吐く。

「貴様は才能がないな」

鼻で笑う若きガララスに、アグニはキッと睨むような視線を送る。

「お前こそ王の資質なんてない！　お前は悪魔だ。俺の友達も食べたし、子供も食べるって聞いたぞ！」

一国の王に対する無礼な態度について、アグニだけは容認されていた。若きガララスは特に気にした様子もなくこう反論する。

「覚えておけ。この世界は力が全てだ。力が無ければ、腹を膨らませることも、ただ生きることさえ許されん。我のやり方を咎《とが》めたいのなら、貴様が我を討ち、王になればいい」

若きガララスは威圧感たっぷりな視線で彼を見下ろした。

「独裁者め……！」

「独裁者？　我は政治には関与しておらん。もはや戦争もそれぞれ将軍に任せている。多様性というものを尊重しているからな……我が本当の意味で独裁的に動けば、世界はすぐに我のものになるだろうがな」

「お前のものになんかなるわけない！」

険悪なムードが加速していく。

「この頃の我は威勢がいいな。やはり王はこうでなければなるまい」

などと呑気《のんき》に笑うガラスに修太郎は苦笑を浮かべた。

「どうして火に油を注ぐようなことばかり……」

「この時はそれが正解だと本気で思っていたようだな」

再び声高らかに笑うガラス。

あまりにも雑な教育方針に、修太郎はアグニに同情を覚えたのであった。

＊　＊　＊　＊

十五歳になったアグニは軍へと配属された。

階級は百人隊長。

孤児の身の上では異例の抜擢《ばってき》である。

自分の隊を見下ろすアグニは、そこに懐かしい顔をいくつか見かける——それは、かつて自分がこの城に来た時、共に連れてこられていた少年達であった。

「お前達！　食われたと思ってたのに！」

「俺達もそうなると思ってたんだけどね……」

アグニが連れて行かれたあの後、生贄にされると覚悟していた彼等は、そのまま訓練場へと連れて行かれ、今まで訓練兵として鍛えられていたとのことだった。

何も聞かされていないアグニは言葉を失った。同時に「子供を食べる悪魔」だと罵《ののし》った自分を恥じた。

「なんで黙ってたんだよ!!」

アグニが問い詰めると、若きガララスは退屈そうにこう答えた。

「食い物なら他にあるだろう。生贄にして何かが変わるわけでもなく、町に戻しても野《の》垂《た》れ死《じ》ぬだけなら、はじめから兵として雇ったほうが合理的ではないか?」

アグニは金槌《かなづち》で頭を打たれた気持ちになった。強い者は敵兵でも使い、弱い者は子供でも見捨てるのが巨人族だと思っていた——しかし目の前の男は他とは根本的に何かが違っている。

「…………」

呆然と立ち尽くすアグニ。

脳内で組み立てられた怪物ガララスの像が、音を立てて壊れていくのを感じていた。

「こういう所だよね」

そう呟きながら微笑む修太郎。

怪訝《けげん》そうな顔で聞き返すガララス。

「なにがだ?」

「ガララスのいい所」

「む……」

満更でもなさそうな顔で頬を掻くガララス。

修太郎はこの無自覚の優しさに何度も救われてきた。よく言えば裏表のない、真《ま》っ直《す》ぐな考えの持ち主。生まれながらの王であるため、発言には自信が溢《あふ》れ迷いがない。

「アグニ君はここでようやくガララスの人柄を理解するんだね」

「ふん。あまりにも遅いがな」

「でもそこまで待ってあげたんだもんね？」

「…………」

黙り込むガララスを見て、修太郎は楽しそうにほくそ笑んだ。

＊　＊　＊　＊

岩肌の露出した戦場で怒号が飛び交っていた。

五国との本格的な戦争の最中、アグニは敵の策にはまり退路を断たれていた。味方は自分を含め三人、敵は数え切れないほどであった。

「そうか、ここで……」

そう呟き、言葉を切る。

ガララスは神妙な面持ちでアグニの動向を見守っていた。アグニが使う技は見透かされてるかのように悉《ことごと》く防がれており、逆に死角からの攻撃が続き、傷が増えていった。

「実力はアグニ君の方が圧倒的なのに！」

「地の利は相手にある。それに、我の家臣に裏切り者がいた。特性も全て敵国に漏れていたとなれば、勝ち目は元々なかったのかもしれん」

「そんな……」

じわじわと追い詰められていくアグニ。

後方から弓の強襲に遭《あ》い、足を撃ち抜かれ機動力を奪われた。両腕はだらんと垂れ下がり、強力な打撃スキルも使えない。

「無様なものだな」

満身創痍《まんしんそうい》のアグニを見下ろし冷笑する兵士。

アグニはわざとらしくせせら笑った。

「こんなもんガララス様のしごきに比べたら屁《へ》でもないわ」

「貴様、状況を理解していないようだな」

首元を多数の刃《やいば》が囲む。

それでもアグニの目に負の色はなかった。

「烈将アグニよ。最後に言いたいことはあるか？」

剣を抜き放ちながらそう尋ねる敵国の兵士。

アグニはしばらく呼吸を整えたあと、口に溜《た》まった血を兵士の顔目掛けて吐きかけた。

「こざかしい真似を……！」

「へへ」

アグニの背中に槍が突き立てられ、ＬＰ《生命力》がガクンと減ったのが見えた。もはや自力で立つことも叶わず、膝をついた状態で顔だけを前に向けるアグニ。

「最後に言いたいこと？　そんなの決まっている」

そう答えたのち、アグニは空を見上げた。

この絶望的な状況にミスマッチな晴天が広がっていた。

アグニの脳内で様々な情景が浮かんでは消える。そしてそのどの場面にもガララスの姿があった。一端《いっぱし》の戦士にしてくれたことへの恩、恩を返せなかった後悔の念、その全てを噛み締めるように呟いた。

「ガララス陛下万歳」

こうして、アグニはその生涯を終えた。

生まれた土地でも、愛した主君の元でもなく、敵兵士の高笑いに包まれながら。

「……立派な最期であった」

ガララスは終始冷静にそれを見届けていた。

修太郎は複雑な気持ちでガララスの言葉を待つ。

「我を殺せるのは、アグニだけだと思って育てていた。しかしそのアグニは有象無象に殺された……結果として我は、自らの手で自分が最強無敵であることの証明を果たしたのだ」

生暖かい風が吹き抜ける。

ガララスは普段通り自信に満ちた声色だったが、修太郎はその大きな背中に寂しさのようなものを感じていた。

＊　＊　＊　＊

大量の兵に包囲された城の前へと場面が変わる。包囲する兵の鎧がアグニを討った者と同一であることから、修太郎はガララス軍の城が包囲されているのだと瞬時に理解した。

「聞けぃ！　暴君ガララスよ！」

軍隊の中から凄まじい怒号が上がる。

「永きにわたる我ら巨人族の争いも今日で幕よ！　見るがいい！」

敵将が並べた遺体は、各地で軍隊を動かしていた家臣達のモノであった。方々から聞こえる嘆きの声にも、若きガララスは動じない。

一人一人の遺体を確認し、その中に若い将軍の顔があることに気が付いた。

「アグニ……」

烈将アグニ。

血の繋がりはないが、ガララスの息子とまで言われていた最高の戦士。その無惨な亡骸《なきがら》が、その中に並べられていた。

「やりかたが酷すぎるよ」

凄惨な光景に憤《いきどお》る修太郎。

ガララスの表情は変わらない。

「相手が動揺《どうよう》して戦略に歪《ゆが》みができればよし、効かずとも自分達に損はない。これも戦法の一つ、あらゆる敵を想定しなければ戦いには勝てん。王たるものは常に覚悟せねば」

そう言って修太郎に微笑みかけるガララス。

しかし修太郎の表情は晴れない。

「僕は、皆にもしものことがあったら、きっと冷静ではいられないよ……」

消え入るように力なく言う修太郎。

ガララスは大きく笑った。

「そこも主様の良いところですなぁ。部下の危機にも自己犠牲を厭《いと》わず駆けつけるその優しさ、危うさはあるが大きな魅力だ」

そう語った後、敵国の兵士を見下ろしながらガララスは瞳の奥に炎を宿す。

「主様はその信念を貫くために、我々に力を与えてくれた。何者にも負けない力を。今度は我々がそれに報《むく》いる番だ」

再びアグニの亡骸へと視線を戻す。

「さぞ無念だったろう」

ぽつりと、ガララスがそう呟く。

ただ――と、ガララスの声に覇気が戻った。

「奇《く》しくも無念を晴らす機会を与えられた」

使徒のことを指しているのだと修太郎は直感的にそう思った。ガララスの目的は再びアグニと戦い、無念を晴らすことにあると。

「奴は実に屈辱的な死を迎えた。ならば奴が満足できる戦い《弔い》を。我が直々に黄泉《よみ》の国へと送り返す」

その間にも城内の状況は悪化していく。

若きガララスの背後から不気味な笑い声が響く。

「力ばかりの軍に無能な王の国。敗戦国の兵を登用する寛大さが仇《あだ》となったのぅ」

それは、相談役の家臣であった。

元風の国の将で、最高齢の軍師である。

「儂《わし》がこの国の中核を担った時点でこの形は成っていたんじゃよ。いくら常勝無敗の軍とて、内情が筒抜けではこうなるのも自然の流れ」

家臣の後ろには寝返った兵達がゾロゾロと集まってきていた。状況を理解した民達は嘆き、そしてもはや一人残された国王を憐《あわ》れむような目で見ていた。

寝返った兵達が武器を構える。

若きガララスは遺体を見つめたまま動かない。

「さらばじゃ火の国。　さらばじゃ孤独な王よ！」

一斉に動き出す兵達。

民達の悲痛な叫び声がこだまする。

「やはり我は何も間違ってはいなかった！」

ガララスは、頭の中の何かが壊れるような音を聞いた。突き立てられた剣や槍は、肌に触れる前に弾かれる。寝返った兵達は反動で吹き飛ばされると、まるで押し潰されるようにグチャリと体を爆散させた。

「なっ……！」

動揺する家臣。

ガララスの固有スキルが開花したのだ。

「弓部隊！　撃て！　撃てぇえ！」

雨のように降《ふ》り注《そそ》ぐ矢も、彼の体に刺さる手前で動きを止める。そして、ぐりんと向きを変えたかと思えば、それらは射手へと返ってゆき、爆音と共に地面ごと抉《えぐ》り、破壊する。

「……多様性を尊重しようとしたらこのザマよ」

ガララスはゆっくりと振り返る。

残るはその家臣一人となっていた。

「信じるべきは我ただ一人。道は全て我一人で切《き》り拓《ひら》き、この世も我一人のためにある」

振り下ろした拳は家臣の頭蓋を粉砕し、勢いそのまま地面を穿《うが》つ。石畳《いしだたみ》に巨大な穴が開くと、はるか眼下に火口が現れた。

兵士の死体が落ちてゆく。

「無駄な時間であったな。何もかも……」

家臣の遺体を掴み上げ、放り込んだ。

その光景は、皮肉にもかつて愚王と呼ばれた先代の王が生贄を捧げた時の様によく似ていた。

グゥハハハハハハハハハハハ!!

笑い声が戦場を駆け抜ける。

それは地の底から響くような声だった。

「結局、我を殺せるだけの者はこの世界にいなかったということだな」

アグニの亡骸を見下ろしながら、若きガラスは愉快そうに笑い続ける。

「遂に狂ったか暴君よ。ならばその首、今ここで刎《は》ね飛《と》ばしてくれよう！」

敵将が剣を振り上げ、そして振り下ろす。

パンッ！　という音と共に首が宙を舞った。

その行方《ゆくえ》を見た敵兵達は、その首が将軍のものであることに気付き、困惑する。

「し、将軍様!?」

「討ち取れ！　討ち取れぇえ!!」

呆気に取られていた敵国の兵達が一斉に武器を振り下ろす——も、ガラスの体には見えない膜のようなものがあり、攻撃が通らない。

攻撃が弾かれると同時に、攻撃した全ての兵士達が爆散。戦場に血の雨が降り注いだ。

暴れ狂う若きガララスと戦場の情景がぼやけてゆき、やがて漆黒の空間に戻ってきていた。

佇む修太郎とガララスの前に、ボロ切れを着た少年の頃のアグニが立っていた。

「お願い。戻ってきて」

「…………」

無表情で見下ろすガララス。

アグニはボロボロと涙を流しながら、懇願するように叫ぶ。

「戻ってきてよ！　俺、死にたくないよ……それに今の貴方ならきっといい王様になれる……豊かな国が……！」

「黙れ」

ガララスの拳がアグニを強襲した。

漆黒の中、アグニの体が宙を舞い、落下した体がゴム毬《まり》のように転がっていく。

「えっ……」

修太郎は唖然《あぜん》とした顔で硬直していた。

アグニは頬を撫でながらヨロヨロと立ち上がる。

「どう……して……」

「よき王だと？　ずいぶん偉くなったものだな。政《まつりごと》も知らぬ貴様に豊かな国を語る資格はないわ」

ガララスは語気を強める。

「我は過去に未練はない。なぜなら我の過去に失敗はないからだ、全てが成功のための経験だからな。つまりアグニよ、我にとっては貴様もよき教訓であり、過去に過ぎない」

「ふざけんな！　じゃあ俺の死なんざどうでもよかったってことかよ」

少年の姿から青年へと変わってゆくアグニ。

その表情からは憎悪にも似た感情が読み取れる。

ガララスはゆっくりとした足取りでアグニに歩み寄る。

「自分が生き返りたいから過去に戻れだと？　笑わせるな。貴様いつまで子供のままいるつもりだ？」

「…………」

「貴様は我が見出し、期待に応え将軍となった。将軍として戦場に赴《おもむ》き、戦場で命を落とした。これの何が不満か！　貴様は誇り高く死んでいった。違うか？」

「……俺は誇り高かった」

「その通りだ。漢《おとこ》なら未練を持つな」

「！」

死んだ者への助言としては、火に油を注ぎかねない内容だと修太郎は思った。しかし、アグニもまた誇り高き巨人族。ガララスの言葉で目つきが変わる。

「……世話をかけました」

「ふん。いつまでも手のかかる奴だ」

アグニはガックリと項垂《うなだ》れた。

「最後まで独り立ちできずじまい、か」

アグニの足元が光の粒子に変わってゆく。

「烈将アグニよ、我が弟子よ！」

あまりの声量に空間がビリビリと震《ふる》えた。

ガララスは真っ直ぐな目をアグニに向ける。

「最後に我が全身全霊で相手することを約束しよう。それがせめてもの手向《たむ》けだ」

ハッとしたアグニが顔を上げると、そこには微笑みを浮かべたガララスがすぐ目の前に立っていた。

「…………」

「我が貴様にしてやれることは、会った時からずっと戦い《コレ》だけだったからな」

アグニに少年のような笑顔が戻る。

体はすでに半分以上が消えていた。

「手向けだって？　すでに勝ったような気分でいるけどな、負けてやるつもりはないからな」

「すでに貴様に一度負けた身よ、慢心はない」

「そうかい。でもまぁ、あのクソみたいな終わり方じゃなく、陛下と戦って終われるなら悪くないかもな……」

満足そうな呟きを残して、アグニの体は完全に消えた。その残光を眺めながら、修太郎が口を開く。

「勝って終わらせなきゃだね」

「無論そのつもりだ」

そう呟くガララスの表情はとても晴れやかに見えた。

【ガララス　と召喚獣契約を結びますか？】

ＹＥＳ　／　ＮＯ

表示された選択肢。

修太郎は迷わずＹＥＳを押した。

【ガララス　の召喚獣契約に成功しました！】

【ガララス　のレベル上限が２００になりました！】

【ガララス　の種族がランクアップしました！】

漆黒《しっこく》の中に延々と続く道の上。

修太郎《しゅうたろう》の後ろを歩くバンピーの足が止まった。

「あの使徒がなんなのか、誰《だれ》なのか、妾《わらわ》は本当に知るべきなのでしょうか」

「それは……」

「レベルが上がった今、知らないままなら勝つ可能性が高いと思っています」

彼女の呟《つぶや》きに、修太郎は即答できず口籠《くちごも》る。

使徒襲撃の際、他の魔王達は相手が誰かを理解していたが、バンピーだけが誰かを思い出せないままであった。しかし幸か不幸か、最も使徒との戦闘で肉薄したのもバンピーである。つまり、正体を知ることによってそのアドバンテージが失われる可能性を危惧《きぐ》していた。

「知る必要はあると思う」

それを理解してなお、修太郎はそう答える。

「バートランド、セオドール、シルヴィア、ガラス……全員過去に大切な存在がいて、大切な思い出があった。その人達が使徒に変えられてる。だからバンピーの相手だって、バンピーにとって大切な人なのかもしれないよ」

「妾には必要ありません。妾には主様《あるじさま》がいて、ミサキもいますから」

「あ、うんうん、そうだね……！」

ここでミサキの名前が出たことに喜びを隠しきれない修太郎。バンピーにとって彼女はそれだけ大きな存在になってきているようだ。

だからこそ修太郎は言う。

「思い出せないその人もバンピーにとっては大切な友達だったのかもしれないよ？」

「だとしても、過去は過去です」

「彼は〝今〟苦しんでるのかもしれないよ」

「………」

少なくとも使徒は自分の意識は持っているが、なんらかの方法で戦闘を強要されている——というのが修太郎と魔王達の見解であった。

「ただ倒してしまうのは報われない、と——」

自分の素性を忘れられ、攻撃を止めることもできないのはあまりにも理不尽ではないかと、バンピーはそんなことを考える。

「わかりました。向かいましょう」

「うん。ありがとう」

「なぜ主様が感謝するのですか」

少しみじろぎしながらそう尋ねるバンピー。

「友達を助けたいから行くなんて素敵だなって」

「違います！　別に相手には何の義理もありません。ただ何者かも分からない相手を倒してしまっては後味が悪いかなと……」

「うんうん。じゃあそういうことにしよっか」

「主様！　妾は本心から言ってるんです！」

などと会話を弾ませながら、二人はバンピーの過去へと入っていった。

＊　＊　＊　＊

湖と豊かな自然に囲まれ、旧アーメルダス語で「水の楽園」を意味する平和の国レンドスに、見目麗《みめうるわ》しい姫が産まれる。

名前はル・バンピア・シルルリス。

生まれつき透き通るような白い髪と肌をもった彼女は、王と妃《きさき》にそれはそれは可愛《かわい》がられ何不自由なく過ごしていた。小国の姫でありながら平民の子供と混ざって遊ぶ姿が頻繁《ひんぱん》に目撃されており、活発でよく笑う子だと平民からも大層評判が良かった。

子供達に混ざってかけっこをするバンピアを遠巻きに眺めながら、修太郎は小さく笑った。

「可愛いね、小さい頃のバンピーも」

「も、もっと品のある振る舞いをすべきだと思います」

（〝も〟というのはどういう意味かと尋ねるのは無礼に当たらないかしら……）

赤面するバンピーに気付かぬまま、修太郎はバンピアを追いかけていく。

場面が切り替わると、今度は神殿のような場所に出た。周りにはたくさんの子供がいて、ソワソワしながら何かを待っているのが見える。

「……この日は子供達の〝固有スキル〟の発現の日ですね」

その光景を懐かしみながら、バンピーは呟くように言った。

「固有スキルって芽生えるものじゃなく授かるものなの!?」

「妾の世界ではそうでした。他は分かりませんが」

バンピーにとっては、これも忘れたい記憶のひとつだ。その後なにが起こるのか、バンピーは昨日のことのように鮮明に思い出せる。

「俺は強い固有スキルを発現させて、バンピアを守る近衛兵《このえへい》になるんだ！」

ひときわ元気な声が神殿に響いた。

修太郎とバンピーは顔を見合わせ、その声の主を探す――と、使徒と瓜二《うりふた》つの少年がそこにいた。

「あの子だ」

「妾の前に現れたのも彼ですね」

ひと目でそう理解したバンピーだったが、未《いま》だ彼のことを思い出せない。ズキンズキンと酷《ひど》い頭痛がバンピーを襲う。

身分が違うのかバンピアに比べると見窄《みすぼ》らしい格好にも見えるが、二人は身分差など感じさせないほど楽しげに会話をしている。

「レオみたいな頼もしくない近衛兵なんていらなーい！」

「言ったなー!!　でもここから先、どんな固有スキルになっても俺達は変わらず友達だかんな！」

二人は拳《こぶし》を打ちつけ、笑みを溢《こぼ》す。

それは二人で考えた友情の印を示すまじないだった。二人はこれが好きだった。

辺りを見渡すバンピアは、子供達を見下ろすような形で上層階に立つ王《父》の姿を見つけ、笑顔で手を振っている。

「う……レ……オ……？」

彼が笑うたび、頭の痛みが増してゆく。

頭を抱えその場にうずくまってしまった。

「バンピー!?」

「頭が割れそうです……！」

誰かが脳内を叩《たた》き壊《こわ》している。

頭が破裂しそうな感覚、痛みは増すばかり。

「あああああ！！！」

たまらず絶叫した痛みの果て、バキリという破壊音の直後、バンピーの記憶が蘇《よみがえ》った。

まるでその記憶だけを意図的に封じていたかのような、そして今、ダムが決壊したように記憶の濁流《だくりゅう》が脳内に流れ込んできていた。

「うそ……いままでレオのことを……どうして……」

彼女からは威厳が失われ、それこそ少女のような口調に戻っていた。足を震わせながら立ち上がり、よろよろとレオの元へ歩いてゆく。

「名を呼ばれた者は前へ！」

司祭らしき老人の声に、子供達のざわつき声が止《や》んだ。

司祭が次々に子供の手に触れたのち、隣に立つ王国騎士団長がその固有スキルを宣言、歓声が上がってゆく。

「《農作物成長補正》《動物言語》《鍛冶《かじ》補正》……今年は有能な固有スキルが豊富ですな」

「はっはっは！　確かに今年は平和的なスキルが豊作ですね。まぁ私としては同志が増える方が喜ばしいのですが」

司祭と騎士団長は発現が終わった子供達を見ながら、嬉《うれ》しそうに言葉を交わしている。

「だめ……ダメ！」

バンピーの叫び声が神殿内に響く。

その声は誰にも届かず虚《むな》しく消えた。

「バンピー！　大丈夫!?」

「嫌です、嫌……見たくない……」

彼女を抱き留めながら声をかける修太郎。

バンピーは完全に錯乱状態にあった。

（そうだ、バンピーの固有スキルは……！）

「ル・バンピア・シルルリス！」

司祭が次の子供の名前を呼んだ。

前に出る白い姫。

「不安ですか？」

微笑《ほほえ》む騎士団長にバンピアは笑顔で首を振る。

「ううん。楽しみっ！」

「ほっほっ、流石《さすが》は我らの姫様じゃ」

満足そうに何度も頷《うなず》きながら優しく姫の手をとる司祭——すると突然、付近にいた少年少女およそ１３８名が、一瞬にして崩れ落ちた。

「え……？」

子供達はすでに事切れていた。

死体が作る巨大な円の中心で、バンピアは呆気《あっけ》にとられたように立《た》ち竦《すく》んでいる。

司祭は震《ふる》える手で胸から四角い紙を取り出すと、それを騎士団長に渡し膝《ひざ》から倒れた。ほどなくして司祭も光の粒子となり、持ち物を撒《ま》き散《ち》らして消失したのだった。

「し、司祭様ぁ!!」

騎士団長の悲痛な叫びがこだまする。そして司祭に託されたその紙を見て、さらに驚嘆《きょうたん》の声を上げた。

『《終焉《しゅうえん》》――一定範囲内にいる弱い存在の命を即座に奪う。対象に触れた時、強さが近い存在の命を奪う』

彼女のレベルは一瞬にして31まで上昇していた。怪物が誕生した瞬間であった。円の外側にいた人達は叫び声を上げながら神殿から逃げ出してゆく。

不安になったバンピアが横に視線を向けるも、そこにいたはずの友人は、もうどこにもいなかった。

「レオ……?　みんな、?」

不安げな彼女の泣きそうな声が響く。

騎士団長はとっさに国王へと視線を向け、その表情《かお》を見てしまう――愛娘《まなむすめ》を見下ろす国王は、醜い笑みを浮かべていた。

「そうだ、妾のせいだ」

呆然《ぼうぜん》と立ち尽くしながらバンピーが呟く。

「妾がレオを殺した」

絶望したような声と共に場面は暗転し、鬱蒼《うっそう》と茂る森の中心にある塔へと景色が変わる。

それからのバンピアの人生は悲惨なものであった。

「自分が病気だと教えられ、狭い塔へと隔離されていました。父は妾を殺すために刺客《しかく》を送ってきましたが、ご覧の通りです」

まるで人形のような無表情で説明するバンピー。

修太郎は黙ってそれを聞いていた。

塔を見下ろすような位置に立つ二人は、はるか眼下に集まる冒険者達を眺めていた。そして彼らが塔を囲むように武器を持ち、雄叫《おたけ》びと共に駆け出すその刹那《せつな》――溶けるようにして、全員が死んだ。

ほどなくして、いつものように塔の窓辺に矢文が刺さると、バンピアが顔を覗《のぞ》かせ嬉しそうにそれを取った。塔の下には弓を背にして立ち去るレオの姿があった。

「また隣国の悪い兵士さん達を倒してくれたんだ！　怖かった……いつもありがとう、お父様、レオ」

手紙に目を通しながら涙声で呟くバンピア。彼女の首には、美しい宝石がちりばめられたネックレスが光っていた。

「でも、レオは固有スキルの発現の日に――」

「ええ。すべては妾を騙《だま》し、塔から出さないための嘘《うそ》でした」

冷めた瞳《ひとみ》で一連の光景を眺めるバンピー。

そこからは時間が早送りになるように季節が巡り、何度も冒険者達の襲撃を受けながらも、バンピアは塔の中で大人しくしていた。

レオからの指示を守っていたからだ。

空間がぐにゃりと曲がってゆく。

「レオからだ……え、病気を治す薬が見つかったの!?　一緒に馬車でその薬がある国に行くって……ええ、どうしよう!!」

次の場面は矢文を確認するバンピアの様子から始まった。塔に用意された純白のドレスを着て急ぎ足で塔を降り、馬車を見つける。

その傍《かたわ》らに、レオが立っていた。

あの日と同じ、変わらない姿のレオ。

「レオ、レオなのね！」

「久しぶり、バンピアは変わらず綺麗《きれい》だね」

嬉しさのあまりバンピアは拳を突き出す。

それを見つめ、困ったように微笑むレオ。

「ええと、なに?」

「あっ、ごめんなさい……」

二人だけの、友情の印。

レオは忘れてしまったんだな——と、肩を落とすバンピアを他所《よそ》に、レオは馬車の中へと手招きした。そこから何日も何日も馬車に揺られる二人。食べ物は御者の人が買ってきた物を仲良く食べた。

バンピアは長旅も苦にしてない様子であった。

この窮屈で暗くてお尻の痛くなる馬車の中も、誰もいない塔の中よりマシだから。目の前のレオと話すだけで毎日が楽しかったから。

そして、旅立ってからひと月が経《た》った頃。

「わっ！」

唐突に止まる馬車。

バンピアの体が跳ねレオの胸に飛び込むと、彼女の顔はみるみる赤面していく。

しかしレオの体に触れた際、彼女はある違和感を覚えた。

「すごく冷たい……」

およそ人の温《ぬく》もりが感じられないことが気になったバンピアだったが、それより先に、レオが顔色を変えずに語り出した。

「申し訳ございません、ル・バンピア・シルルリス様。私からの最後の言葉をお伝えする時がやってきました」

「！」

レオの口から出たその声は、どこか懐かしくもあり、しかしレオの声とは似ても似つかぬ初老の男性のものだった。

困惑する修太郎が呟く。

「これは……」

「騎士団長のスキルによってレオの死体は操られていた、ということです。レオはとっくに死んでいたのに、妾はそれに気付けなかった」

寂《さび》しそうな声色でそう呟くバンピー。

一方のバンピアは俯《うつむ》き、怒りに震えていた。

胸の奥にどす黒い感情が湧き上がってくる。

「なら、なんで今話したの？」

感情を失ったような声色で尋ねるバンピア。レオは真《ま》っ直《す》ぐな瞳で、それに答える。

「時間がないからです姫様」

「時間……どうしたの？」

「その問いに答えることはできません。この馬車に積んだお金と、力を封じる指輪で、今度こそ慎《つつ》ましい余生をお過ごし下さい」

バンピアは外に飛び出すと、そこには全く見慣れない光景が広がっていた。

「貴女様の固有スキルはとても強大で危険なものです。しかし貴女様を、身分を鼻にかけず城下町で走り回っていた貴女様を……私は見てきたから、戦争の道具にしたくなかっ」

言い終える前に、レオは糸の切れた人形のように動かなくなった。

レオの体が光の粒子となって消えてゆく。

バンピアは縋《すが》り付《つ》くように涙を浮かべ駆け寄った。

「いや、いやだよ……レオ、デュラハン！　妾は、妾はこれからどうすれば……帰る場所なんて……！」

その叫びに応《こた》える者はもういなかった。

場面が暗転し、今度は豪華な城の中へと変わった。

「おお、バンピア！　よくぞ、よくぞ戻った！」

国王は本当に嬉しそうに彼女を受け入れた。

バンピアは故郷へと帰ってきていた。

「あの後、別の国で生活しようと努力しました。けれどその度に何者に命を狙われ、その度に国を滅ぼして回りました。そんなことが数年続き、もうこれ以上なにも考えたくないと、妾は軽率にも故郷に戻ったのです」

「でもお父さんはバンピーのこと……」

「ええ。それでも妾はこの瞬間まで彼の本性に気付けなかった」

静かに怒りの感情を露《あら》わにしながら、バンピーは国王と抱き合うバンピアを見つめていた。

久方ぶりの幸せを噛《か》みしめるバンピアは、ふと、その傍らに母の姿がないことに気付く。

「お父様、お母様はどちらに？　騎士団長は？」

国王は笑みを浮かべ、バンピアに向き直る。

「死んだよ、二人とも」

「死んだ……？」

「そうだ。母《マリード》は不運な事故で、デュラハンは反逆罪で打ち首になった。見せられなくて残念だよ、首なら一年前まで晒《さら》していたのだがな」

反逆罪？　何の反逆罪？

バンピアの脳内に騎士団長との会話が蘇る。

自分を逃した彼が反逆の罪となったのなら——原因は自分だ。

バンピアは遅れてそれに気が付いた。

ただ、気付くのがあまりにも遅かった。

「なん……で？」

「おお、可愛い我が娘よ。最後に教えてやろう」

国王は美しい宝石のようなものを掲《かか》げながら、慈悲深くバンピアを見下ろす。

「お前の力は素晴らしいものだ。私の目論《もくろ》見《み》通り、一人で隣国全てを滅ぼしてくれたのだからな。野党共に少しばかりの金を握らせただけで、こうも事態が好転するとはな」

バンピアは全てを悟った。

自分が行く先々で不運に遭《あ》ったのも、デュラハンが斬首されることになったのも、全てはこの国王の画策《かくさく》によるものだったことを。

「お前のその首の宝石が、常に居場所を教えてくれる」

それは、かつて国王が彼女に贈った誕生日プレゼントであった。

「お前は強くなりすぎてしまった。最初からこうする予定ではあったが……せめて安らかに眠れ、我が娘よ」

　バンピアが指輪に手をかけるよりも早く、国王は手の中の宝石を砕いた。するとバンピアの首元の宝石も同じように割れ、彼女の体は粉々に砕け散ったのだった。

「伝説の怪物をも一瞬で屠《ほふ》る、か」

　光の粒子となった娘の名残《なご》りを見下ろしながら、国王は虚《むな》しそうに呟く。

　そしてバンピアは城内に設けられた妃の墓の隣に恭しく埋葬される。それから数年後、対抗勢力のいないレンドスは全ての土地に勢力を伸ばし世界統一を成《な》し遂《と》げたのだった。

　場面が暗転し、漆黒の闇が広がる。

　修太郎は複雑な心境で立ち尽くしていた。

「実の子供を騙し続けていたなんて……」

　自らの欲望に支配される邪悪な思想。

　騙すだけに飽き足らず、騎士団長を殺し、妃を殺し、バンピアを殺した。家族の愛に生きたシルヴィアの父とは対極の存在である。

「その後、妾は蘇った。同時にほとんどの記憶を失い、レオのことも忘れた」

　喪失感に押しつぶされそうになりながら、力なくそう語るバンピー。

「レオはきっと妾を恨んでいます」

　バンピーの呟きが闇の中に溶けて消えると、どこからともなく小さな光が集まってきた。

「恨んでねーよ」

　それは人の形を作り、少年の姿に変化する。

「！　レオ？」

「おう。久しぶり」

そこには、やんちゃそうな笑みを浮かべるレオが立っていた。

「俺がお前に言いたいことはひとつ！　お前、ほんっとーーにアホだな！」

あまりにもな物言いに呆気に取られたバンピーは、ハッと我に返り、負けじと反論する。

「なっ……誰に口利《き》いているのかしら」

「お前のスキルがあれば全部の国ぶっ壊して天下統一できるじゃん！　それってめっちゃすげーことだろ!?　なんで病気とか意味わからない嘘信じたんだよ！」

「壊したわよ！　その結果がこのザマよ！」

バンピーの言葉を合図に場面が切り替わる。

そこには数千年後の世界が映し出され、残骸のように風化した建物だったものと、荒野。そしてアンデッド達が跋扈《ばっこ》する光景が広がった。

「なら過去に戻ってやり直せよ」

無表情のレオが冷たくそう言い放つ。

反論しようとバンピーが口を開き、しかし言葉が出てこないようで、ヒュと、空気の漏れる音だけが響いた。

「力を抑えられるようになったんだろ？　じゃあもう心配いらないじゃん。国王様をぶっ飛ばしてさ、そしたら全部解決だろ？　今度は俺がついてる。絶対前よりも幸せになれる」

バンピーはレオを見て、修太郎を見た。

二人の背丈はほとんど同じで、並んでいると顔も似ているように見えた。修太郎の方へ行けば未来を、レオの方に行けば過去を選択できるような、漠然《ばくぜん》とした予感があった。

「今度こそバンピアの近衛兵にならせてくれよ」

そう言って笑顔で手を差し伸べてくるレオ。

バンピーの視線がレオへと向かう。

「………」

修太郎は魔王達の意見を尊重したかった。したかったのだが、迷いを見せたセオドールを見て、優しい言葉をかけてくれたシルヴィアを見て、自分の意思を素直に伝える大切さを学んだ。

「僕にはバンピーが必要だ」

修太郎も右手を前に差し出した。

二人の前にしばらく佇《たたず》んでいたバンピーは、何かを決意したように口を開く。

「妾の人生は後悔ばかりだった」

自分の過去をひとつひとつ思い出しながら語る。だから——と言いながら、バンピーはゆっくりとした動作で手を伸ばす。

「平穏に暮らせるならそれがいい」

「！」

バンピーが摑《つか》んだ手は、すり抜けずにそこにあった。それはレオの手であった。

一瞬驚いた様な顔を見せるレオ。

修太郎は何も言わず、手を引っ込めた。

バンピーの目線は修太郎を向いている。

「よし。じゃあ戻ろう、俺達の過去へ！」

そう言って歩き出そうとするレオは、がくんと、バランスを崩して転倒した。

「悪い悪い、何かに躓《つまず》いて……」

起きあがろうとして——自分の足が光に包まれ消えていることに、気が付いた。レオはなにが起こったのか理解ができなかった。やがて体の半分が消えたところでようやく我に返る。

「な、え……？」

「ごめんなさい。妾は——」

レオの言葉を遮《さえぎ》るようにバンピーが呟く。

「固有スキル《終焉》に耐えられる人じゃないと、一緒にはいられないわ」

「そん——」

最後まで言葉を発することもできず、絶望した顔で消えてゆくレオ。漆黒の闇の中、二人だけがその場に残された。

「過去に戻っても、この力が消えることはありません。今は制御できていたとしても、妾の精神状態によってはそれも分かりません」

修太郎に背を向ける形で立つバンピー。

修太郎は黙ってそれを聞いていた。

「というのは方便です」

そう言って振り返るバンピー。

その表情は微笑んでいるように見えた。

「過去に戻ってやり直しても、無かったことになんてできない。妾が奪われたもの、奪ったものを全て背負って生きていく。そういう覚悟でこれまでもやってきましたから」

ですから――と、バンピーは優雅な動作で深々と腰を折り、頭を垂らした。

白の髪がはらはらと流れ落ちる。

「これからもお側に仕えさせてください。妾はこれから先もずっと、貴方《あなた》のものです」

少し大袈裟《おおげさ》にしたのもバンピーなりに意味があってのこと。これまでの自分から、修太郎の召喚獣《しょうかんじゅう》としての新しい生を受ける大切な儀式だと解釈していたから。

「……と思ったよ」

「……主様？」

「バンピーがいなくなっちゃうかと思ったよ」

バンピーがチラと顔を上げて見ると、そこには涙を流す修太郎の姿があった。

「主様!?」

ギョッとして慌てて立ち上がるバンピー。

修太郎は涙を拭《ふ》きながら笑顔を見せた。

「ううん、安心したら涙が……でも良かった」

そう言いながら、見られたくないからと恥ずかしそうに後ろを向く修太郎。

そんな修太郎の姿に、バンピーは胸が締め付けられるような感覚を覚えた。普段は冷静で気丈な主が、自分の為《ため》に涙を流す姿が愛おしくてたまらない。

（主様……）

遠慮がちに、両手を伸ばしては引っ込める。

今はもう、なにも考える余裕などなかった。

たっぷり数秒もかけて、手先が触れた。

彼の背中をふわりと包み、抱きしめた。

「バンピー？」

修太郎は少し戸惑いながらも、その両手と重ねるように右腕を被《かぶ》せ、ゆっくり目を閉じる。

「こちらこそ、これからもよろしくね」

バンピーは修太郎を抱きしめたまま、離れるのを嫌がるように、背中に顔を埋《うず》めたままこくこくと小さく顔を上下させた。

【バンピー　の召喚獣契約に成功しました！】
【バンピー　のレベル上限が２００になりました！】
【バンピー　の種族がランクアップしました！】

＊　＊　＊　＊

「長旅本当にお疲れ様でした」

「ありがと。エルロードで最後かぁ」

「過去に未練がある者が躓く、という試練なら過去を懐かしむ必要もありません。私は過去に未練などありませんから」

　はっきりとした口調でそう語るエルロード。

　修太郎はエルロードらしいやと苦笑した。

　空間がぐにゃりと曲がり、寂れた雰囲気《ふんいき》に満ちた辺境の城へと景色が変わる。

　かつては栄華を極めたであろう城が今や荒廃《こうはい》している。石造りの壁が風雨に晒され劣化しており、壁の割れ目から草木が生い茂っている。

　月に照らされた廃城はどこか神秘的で、修太郎は思わず息を漏らした。

　城の門は半開きになっているが、外からは暗くてよく見えない。

「ではこの世界を破壊して終了とさせていただきましょうか」

　そう言ってエルロードが手を掲げると、天空に巨大な魔法陣が描かれてゆく。雲が渦《うず》を巻き、ごろごろと雷鳴の音が轟《とどろ》き始める。

「え、え、ちょっと待って！」

「申し訳ございません、先に一言お伝えすべきでしたね」

修太郎が止めに入ると、エルロードは魔法陣を縮小化させ手の上に引っ込めた。くるくると躍る魔法陣からは高密度の魔力が溢れ出し、彼が本気で世界を破壊するつもりだったことが窺《うかが》い知れる。

（エルロードってこんなに力押しだったっけ？）

などと修太郎が考えていると、城門の前に立つ人影に気が付いた。

「ようやく会えたのう、エルロードよ」

「？」

警戒心を強めるエルロード。

しかし修太郎は別の反応を見せていた。

「エルロード、変だよこれ」

「変とは、いかがしましたか？」

「だってあの人〝こっち〟に話しかけてるんだもん」

修太郎は魔王達の過去を追体験してきているが、それは映像を観《み》ているのと同じ感覚であり、こちらから何か干渉はできなかった。当然、向こうからの干渉もない。映像を見終わってはじめて〝過去へと戻る〟選択肢を掲げた人物が現れていた。

今回は最初からその人物がいる。

他と比べても明らかに異質であった。

（エルロードがいきなりここを壊すとか言ったから慌てて出てきた可能性はあるけど……）

修太郎がそんなことを考えていると、その人物は愉快そうにホッホッホと笑った。

「そう警戒なさるでない。儂《わし》はゆっくり話がしたいだけじゃよ。エルロード、そして修太郎君」

「！　どうして僕の名前まで……」

月明かりに照らされ露《あら》わになったその顔は、エルロードの師であるウォルターだった。

「入っておいで。中で話そう」

それだけ言い残し、城の中へと消えるウォルター。修太郎とエルロードは顔を見合わせ、その後ろをついていった。

しばらく歩くと、謁見《えっけん》の間が見えてきた。

赤い絨毯《じゅうたん》と背の高い窓が並ぶ、かつての栄華を思わせる装飾がされていた。

二人が部屋へと入ると、ウォルターは既に玉座の上で到着を待っていたようだった。

「時間が限られておるから単刀直入に言おう、お主らが限界召喚によって強化したところで、光の神を倒すことはできん」

「!?」

二人は一気に警戒心を強める。

光の神を知る存在、心当たりはただ一つ。

「貴様、使徒か？」

鋭い眼光で睨《にら》むエルロードに、ウォルターは呆《あき》れたようにため息を吐いた。

「儂が使徒に見えるかの？　よし、使徒を見分けるための身体的特徴を教えてやろう。使徒は共通した青い眼《め》の中に〝服従〟の呪いが刻まれておる。以前戦った時の状況をよーく思い出してみるんじゃな」

ウォルターに言われるがまま、修太郎はその時の状況を思い出す。確かに対戦したα《アルファ》をはじめ、他の使徒達は皆青い眼をしていた。そこにはウォルターも含まれるのだが、目の前にいる老人の眼は青ではない。

「……魔法でどうとでも偽装できます。幻覚魔法の可能性も否定できません」

「お前の目を欺くほどの幻覚魔法、のう」

「…………」

完全に信用したわけではないと言いたげな顔で沈黙するエルロード。代わりに修太郎が質問を投げる。

「その、ウォルターさんは味方、ですよね？」

「もちろんそうじゃ。信用しないと損するだけじゃよ」

そう言って横目でエルロードを見るウォルター。エルロードはピクリと眉を動かした。

「僕は今日、他の仲間達の過去を見てきました。あの、仲間っていうのはエルロードと同じ魔王で、魔王っていうと語弊がありますが、その……」

「ほほ、よいよい。ひと通りのことは把握しておる。説明はいらないよ」

修太郎のみならず他の魔王のことも知っているとなると、いよいよ話がおかしい。怪しむ修太郎を察してか、ウォルターは楽しそうに笑いながら続ける。

「全て儂の固有スキルのおかげじゃよ」

「ウォルターさんの固有スキルって……」

「先を見通す者――簡単にいうと《未来視》じゃ」

「《未来視》!?」

大袈裟に驚く修太郎。

その反応が面白いのか、ウォルターは笑いながら何度も頷いている。

「エルロードがこの城を訪ねてきた日に、儂はこの光景を見た」

自分の目を指差しながらウォルターが続ける。

「お主らは召喚獣契約を結ぶために過去へ時間旅行をしている。そこに儂が魔法で干渉し、お主らがいつどこに現れるのかを割り出して、今の状態を維持しておるんじゃよ。他の者にお主らは見えないし、儂が一人で喋《しゃべ》ってるように思えるじゃろうな」

そう説明され、修太郎はようやく理解ができた。今度はエルロードが質問する。

「未来の存在に干渉？　どれほどの魔力があればそんなことが可能になるのですか」

「この時間、お前は魔族領に戻っている頃かの。儂は城で眠りこけていることになっておる。そして儂は明日野盗に襲われる、と言えば聡明《そうめい》なお前なら理解できるだろう」

「……!」

エルロードは愕然《がくぜん》とした様子で沈黙した。

ウォルターは少し悲しそうな顔を覗かせたあと、修太郎へと向き直った。

「光の神に勝つ術《すべ》は限られておる。これは儂の未来視でも完全には読みきれなかったが……しかし儂はエルロードの中に見た〝修太郎君〟にも可能性を感じたんじゃ」

「僕、ですか？」

「うむ。故《ゆえ》に儂はエルロードと修太郎君を巡り合わせるために動くことにしたんじゃよ」

「？」

修太郎は何が何だか分からないといった様子だが、エルロードは違っていた。彼は怒りに体を震わせながら糾弾するように叫んだ。

「野盗に後れを取った理由は短剣じゃないと？　この魔法による魔力切れのせいですか？」

「いかにも。故に今がある、そうじゃろう？」

「クッ……」

視線をエルロードから修太郎に移し、ウォルターは真剣な表情で続ける。

「過去の旅が終わってすぐに、お主の決断を実行させるんじゃ」

決断という言葉で何を指しているのか一瞬で理解した修太郎。その様子を見てウォルターは小さく頷きながらさらに続けた。

「光の神が全ての町を同時に使徒に襲わせる。動きが遅れれば人間が大量に死ぬ。くれぐれも注意せよ、お主らはもう〝生き返れない〟からのう」

かつてエルロードが行った方法ではプレイヤーを救うことはできない、とウォルターはそう言っていた。修太郎が力強く頷くと、ウォルターは満足した様子で椅子《いす》に深く座り込んだ。

「なんとか間に合ったようじゃな……」

消え入るような声でそう呟き、ため息を吐いた。

まるで映像に不具合が生じたように視界が乱れ、音も断続的にしか聞こえなくなってゆく。

室内は大地震が起こっているように激しい横揺れが発生し、修太郎はたまらず柱に摑まった。

間に合った——つまり今、ウォルターの魔法が切れ、過去と未来の繋《つな》がりが切れるということ。

「ウォルター卿《きょう》」

揺れをものともせず玉座の前に佇《たたず》むエルロード。ウォルターは悲しげな瞳で彼を見下ろした。

「私と会ったその日から、こうなることを知っていたのですね」

「そうじゃ」

「そうですか……」

それだけ聞くと、エルロードは流麗な動きでウォルターの前に傅《かしず》いた。

「お仕えできて光栄でした。貴方からの学びをもって、修太郎様に誠心誠意尽くしてまいります」

修太郎は二人の姿だけ視界がはっきりして見えていた。ウォルターは嬉しそうに頷き、にっこりと笑顔を見せた。

「楽しかったのう」

「ええ、とても」

揺れは激しくなり、景色が暗転する。

やがて暗転から明転すると、そこには玉座で眠るウォルターの姿があった。

「ウォルターさん……」

「主様、今はもう我々は干渉できません」

先ほどとは違い、二人が声を発してもウォルターは微動だにしない。干渉魔法が切れたのだと修太郎は悟った。

部屋に日の光が差し込んでいる。月明かりに照らされた夜から一夜明けていた。

「！　誰か来るよ」

背後の扉を見つめ警戒心を高める修太郎。しかしエルロードはウォルターの姿をただじっと眺めるだけであった。

大勢の足音でウォルターは目を覚ます。

「おぉ、英雄様がこんなとこにいたぞ！」

謁見の間に大勢の男達がゾロゾロと入ってきた。下卑《げび》た笑みを浮かべ歩み寄ってくる。

ウォルターはエルロードにもそうしたように、柔和《にゅうわ》な笑みを浮かべ出迎えた。

「歓迎したいところじゃが、見ての通り、ここには何もないぞ」

「それは俺達が判断する」

武装する男達は明らかに素人《しろうと》ではない。明確な目的を持って、この城に送られてきた刺客だとウォルターは確信していた。

「！」

「おっとお！」

ウォルターが杖《つえ》を構えるも、肝心の魔力が湧いてこない。背後から迫る野盗に殴られ、苦しそうに玉座から転げ落ちた。

「封魔の短剣だ。ある貴族から借りた」

野盗が幾何学模様《きかがくもよう》の刻まれた短剣を見せびらかす。

「あの短剣って……」

「ええ、大した効果はありませんよ。ウォルター卿は我々との対話で魔力はもう……」

冷静にそう答えるエルロード。

修太郎はウォルターへと視線を戻す。

「昨夜の魔族強襲はじいさんの仕業だよな？　流石は魔王を討った英雄様だ、魔法の力でちょちょいのちょいだよな！」

「ぐ……」

ウォルターはただ呻《うめ》き声《ごえ》を上げている。

「暗殺の指示が出た時にゃ無茶な仕事だって腹が立ったが、蓋《ふた》を開けてみりゃただのジジイじゃねえか！　魔法だけでどうにかなる時代は終わってんだよ！」

謁見の間が笑い声に包まれる。

「かつての英雄が何もできねぇとはな。ま、部下を追い出したお前が悪いんだけどさ——」

そう言って短剣を振りかざす野盗は、部屋へと入ってくる一人の男に気が付いた。

「おい、誰か来たぞ」

「んな馬鹿な。警備はどうしたんだ」

ざわつく野盗達。その間もスタスタとこちらへやってくる男は、不気味に口元を歪《ゆが》ませながら何かを床に投げ捨てた。

ごろり、と転がる無数の首。

「ヒッ……！」

拷問でもされたかのような苦悶《くもん》の表情に歪むそれらは、やがて光に包まれ消えていった。

「失礼。我が主に御用でしたか？」

「な、なんだてめぇは！」

「私はここの執事です」

過去のエルロードが膨大な魔力を放出する。

その瞳が野盗を捉《とら》えると、まるで蛇に睨まれた蛙《かえる》のように全員が動けなくなった。

「封魔の短剣《それ》で食い尽くせますか？」

魔力が抑えきれず、短剣は音を立てて砕け散る。

周囲に夥《おびただ》しい数の魔法陣が展開され、現れた黒色の手が野盗達を摑んだ！

「――！　――！」

抵抗するも誰一人抜け出せない。

「綺麗に死んでくださいね。本が汚れますから」

絶叫と共に、野盗が闇に引《ひ》き摺《ず》り込まれる。

「ぐ……む……」

ウォルターは薄れゆく意識の中で、自分を抱き上げる過去のエルロードの姿を見た。

「ようやく立場が逆転したようで気分がいいですね」

声が遠のくのを感じながらウォルターが意識を失うと、修太郎達の視界も暗転した。

＊　＊　＊　＊

ウォルターは紅茶の香りで目を覚ました。

「お目覚めになられましたか？」

そう言って食事の支度を進めるのは、執事服に身を包んだ過去のエルロードであった。

「どういう風の吹き回しじゃ？」

「なにがです？」

「同胞達を襲った理由を聞いておる」

魔族達が目論んでいた戦争は、過去のエルロードの手によって阻止された。ウォルターは野盗の言動からそれを推測していた。

「貴方がおっしゃったのですよ、ウォルター卿。片方が滅べばその文化や歴史は葬《ほうむ》り去《さ》られる。魔族が勝てば人間の魔法は誰も覚えられないままだと」

カチャカチャと食器を並べながら過去のエルロードは続ける。

「人間へ理解を示す魔族はいませんでしたが、これから理解させればいいのです。人間である貴方が教えを説けばいい。例えばそう、まずは言葉を学ぶところから——」

そこまで言わせて、ウォルターは遮る。

「それは無理じゃよ」

震える手をカップに伸ばす。

「表面上仲良くしても、腹の内では何を考えてるか分からん。人間が儂を襲ったように、同族でも分かり合えんことはあるからのう」

「ですが、私は……」

「お前が特別だったんじゃよ、エルロードよ。お前が特別なんじゃ」

ゆっくりと紅茶を啜《すす》るウォルターは、噛み締めるように深く頷いた。

「美味《おい》しい」

「ありがとうございます」

「やはり、お前は特別……」

再び気を失いかけるウォルターを支えた過去のエルロードは、そこで初めて、彼の体の不調に気がついた。

「病気はいつからですか？」

「病気ではない。単なる老いじゃよ」

無理にはにかむウォルターを見て、過去のエルロードの中で、今まで抱いたことのない不思議な感情が芽生えていた。

「少しお待ちください」

その感情が何かも分からぬまま、玉座の背にもたれるように直しながら、過去のエルロードは二、三歩後退《あとずさ》りして魔力を帯びた。

「『穢《けが》れを洗い流せ！《ホーリー・キュア》』」

展開されたのは最上級の癒《いや》しの呪文。

ウォルターの体が眩《まばゆ》い光に包まれ、心なしか体の活力が戻っているように見えた。

続いて、天からの光がウォルターを包む。

「『神の力よ、癒しをもたらせ！《ゴッド・ブレス》』」

それも、限られた聖職者しか扱えない、神聖な最上級の呪文であった。

「私と戦う約束はどうなりましたか」

幾重にも発動する回復魔法の数々。

「私はまだ全ての本を読み終わっていませんよ」

しかし、ウォルターに大きな変化は起こらない。

「……魔力で寿命を無理やり伸ばしていたツケじゃ。こうなることは分かっておった」

玉座の上で力なくそう呟くウォルター。

過去のエルロードは先ほどの短剣が悪化の原因であると理解した。

「間違いなく未来への干渉による影響ですね」

エルロードは過去の自分を否定するがごとく、確信に基づきそう呟いた。

「人間にしては大往生じゃよ」

「…………」

弱りきったかつての宿敵を前に、過去のエルロードは無言で魔法を生成していく。

「私は言いました。貴方を殺し、このくだらない虚無の世界を終わらせると」

「そうじゃったな……」

「ならば、貴方に価値がなくなった今がその時です」

バチバチと凄《すさ》まじい音を立てながら渦を巻く魔力。城を巻き込み、空を包みながら広がってゆく。

強烈な睡魔に襲われるウォルター。

目の前には微笑みを湛《たた》えたエルロードがいる。

「おやすみなさい」

その言葉が何重にも聞こえるのを感じながら、ウォルターは意識を手放したのだった。

＊　＊　＊　＊

玉座から見える景色を楽しみながら、ウォルターは満足そうに頷いた。

「いい人生じゃった」

微笑みながらそう呟く彼は、まるで最後の時が近いのを察しているかのようだった。

傅く過去のエルロードが口を開く。

「私に付き合わなければ、貴方はもっと有意義な時間を過ごせたはずです」

「有意義かどうかは儂が決めることじゃ。それに、十分有意義な時間じゃったよ」

ふぅとため息を吐くウォルター。

過去のエルロードが続ける。

「私は貴方に会って初めて生きる意味を見出せた気がしました。貴方には大きな恩があります。私はまだ返しきれていません」

本心からの言葉であった。

「恩など感じなくてよい。儂は最後の時をエルロードと過ごせて幸せだったよ」

ウォルターの言葉に過去のエルロードの瞳が揺れる。湧き上がる感情を抑えながら、最後まで使用人として振る舞おうとした。

「私もお供いたします」

「恩を仇《あだ》で返すつもりか？」

「…………」

納得がいかないと言いたげな過去のエルロード。

ため息まじりにウォルターが進言する。

「命は繋がっていくものじゃ。前魔王が共存を願い、儂は人間に理解を示すエルロードと出会えた。お前もこれから長い生を過ごす中で、自分の命の〝使いどき〟が見つかる……」

しかし、言葉は最後まで続かなかった。

ウォルターの瞼《まぶた》がゆっくりと閉じてゆく。

「おやすみなさい」

その言葉は彼に届いただろうか。

次第に呼吸が浅くなり、目は白く濁っていく。

互いを利用するために手を組んだ二人は、長い時を経て、互いが互いを思い合う関係に変わっていた。とても奇妙で歪《いびつ》だった二人の関係は――種族の壁を越えていた。

体の温もりが消えていく感覚。

一人の男の人生が終わる――

「逝《い》かないでくれ……」

絞り出すように呟いた。

ウォルターの体が光に包まれ、砕けるように消えてゆく。窓の光に照らされながらキラキラと舞うその様は、実に美しかった。

「…………」

ウォルターの最期を見届けると、視界は暗転し、漆黒の空間だけが広がった。修太郎は悲しげな表情を浮かべ、エルロードは終始無言のままその場に佇んでいた。

「我ながら美しい死に様じゃったな」

光の中から現れたウォルターがそう言って笑った。エルロードは大きく首を振りながら、

「全くあなたは……」と呆れている。

「さて、過去に戻るか聞こうかのう」

「戻ると答えるとお思いですか？」

「それが儂の役目じゃから仕方なかろう」

「あはははっ！」

今までとは違い、終始和やかな雰囲気に修太郎はたまらず笑い出す。ウォルターは少し驚くような顔を見せたのち、修太郎に優しい笑みを向けた。

「やはり、君にならば安心して任せられる」

「はい、エルロードと共にこれからも頑張っていきます」

「うむ、頼もしいよ。任せたぞ」

それだけ言って、ウォルターはエルロードの肩をポンと叩いた。

「お前には苦じゃろうが、使徒《尻拭い》を頼むぞ」

「はい……お任せください」

ウォルターの体が光の粒子に変わってゆく。

彼は最後まで笑顔を絶やさなかった。

残光を眺めていたエルロードが修太郎へと向き直る。

「これで準備は整いましたね」

「うん、そしたらいよいよ——決戦だ」

エルロードは小さく頷いた。

その表情はどこか晴れやかに見えた。

【エルロード　の召喚獣契約に成功しました！】
【エルロード　のレベル上限が２００になりました！】
【エルロード　の種族がランクアップしました！】

＊　＊　＊　＊

レジウリアに戻った修太郎達を、住民達は大歓声で迎えた。魔王達はひとつなにかを覚悟したような顔つきになっており、修太郎は少し複雑そうな顔で俯いていた。

「皆どうもありがとう。貴重な体験ができた」

魔王達の過去はどれも凄惨であり、今こうしていられるのが奇跡のように思えた。それだけに修太郎は確信を持ってさらに語る。

「エルロード、バンピー、ガララス、シルヴィア、セオドール、バートランド。僕についてきてくれてありがとう。本当に……」

そう言って涙ぐむ修太郎。

誰一人として過去を選んだ者はいない。

「主様……」

その様子を心配そうに見つめる魔王達。

修太郎はぐしぐしと目を擦り、笑顔を向ける。

「みんな過去はバラバラだったけど、今は同じ未来を歩いてる。僕はこれからもずっとみんなと一緒に歩き続けたい。だからこれからも、こんな僕ですが、どうぞよろしくお願いします」

「「「「「「主様!?」」」」」」

頭を下げる修太郎に慌てた魔王達が駆け寄った。方々から「頭なんて下げないでください」という言葉が飛び交い、修太郎はその光景が面白くて声を上げて笑った。

結果として、強化のための過去の時間旅行は修太郎と魔王達の絆をより深めたのだ。

「——それとね、エルロードの師匠、ウォルターさんの言葉を共有したいんだ」

そう言って修太郎は説明を始める。

ウォルターが《未来視》の固有スキルを持っていること。それを使ってコンタクトを取ってきたこと。光の神の作戦についても。

「この情報は武器になる。それに、僕らはそれを理想的な形で体現できる」

「しかし……」

「お願い。もうこれしかないよ」

修太郎の言葉に口籠るバンピー。

他の魔王達も不安気に黙っていた。

「リスクはあっても命には代えられないよ」

修太郎の意思は固く、魔王達からも代替案は出ない。沈黙を賛成多数と解釈し、修太郎は素早く指示を飛ばした。

「じゃあ皆——はじめよう」

＊　＊　＊　＊

アリストラスに戻った修太郎に、群衆達は歓喜の声を上げた。彼が戻ったということは、強《そ》化《れ》が終わったということだから。

慌ただしくやって来るフラメ。

修太郎は彼女を笑顔で迎えた。

「おかえりなさい！」

「ただいま。こっちの準備は終わったよ」

「……！　すごい、有言実行ですね……！」

感激の声を上げつつも、時間がないことを悟りすぐに冷静さを取り戻すフラメは、修太郎から頼まれていた〝指示〟の結果を報告する。

「すでに皆さんからの理解は得ています」

「よかった！　それなら今からすぐに行います」

「はい！　呼びかけます！」

フラメは群衆達に向け〝ある指示〟を飛ばした。それは群衆達にとって、修太郎にとっても勇気のいる大規模な作戦であった。

緊張した面持《おもも》ちで修太郎を見る群衆達。

修太郎は彼等に向け宣言するように言った。

「では皆さん。僕を信じて、ついてきてください！」

Chapter07: 第7話

The unimplemented end-stage enemys have joined us!

アリストラス上空に浮かぶ人影。

その人物は何かを諦めるように深いため息を吐《つ》いた。

「体の自由が完全に奪われておる。抵抗もできん、か」

使徒——ウォルターは小さくそう呟《つぶや》いた。

眼下には大勢が暮らす豊かな都市があり、気配だけでも数十万人の人間が中で生活をしているのが分かる。

ウォルターの使命はこれを全て破壊すること。

光の神は今回、強制力のある命令によって使徒達を動かしている。それは今までになかったことだった。脳内にこだまする〝壊せ〟という言葉に抗《あらが》うことができない。

(愛弟子《まなでし》よ——)

ウォルターは何かに思いを馳《は》せ杖《つえ》を抜く。

何度も抵抗を試みるも、杖を掲《かか》げる手の挙動は一切変わらず呪文を描く。膨大な魔力が溢《あふ》れ、都市を覆い隠すほどの巨大な魔法陣が上空に現れた。

ウォルターは〝力のある言葉〟を唱《とな》えていく。

「《我が名において、天地の力よここに集え。絶望の叫びとともに、この地を業火の海に変えん！》」

轟音《ごうおん》と共に大地が割れ、ゴポゴポと噴き出す溶岩。建物が不気味な音を立てて揺れ動き、沈み、あるいは崩れていく。

「地震か!?」「見て！　建物が崩れるわ！」「ひ、避難しろ！」「誰《だれ》か、誰か!!」「えーーん、お母さーん！」

異変に気付いた人々は何が起こっているのか理解できないまま混乱と恐怖に包まれていた。

飛び交う悲鳴にウォルターは顔を背けながら詠唱を完成させる。

「全てを焼き尽くせ――《破滅の業火》」

次の瞬間、地面に大きな亀裂《きれつ》が走り、真紅《しんく》の炎が噴き出した。

炎はまるで生き物のようにうねり空へと高く昇り上がる。熱風が吹き荒れ、周囲の空気は一瞬で灼熱《しゃくねつ》の地獄に変わった。

炎は瞬《また》く間《ま》に広がり建物を次々と飲み込んでいった。木造の家々は一瞬にして灰となり、石造りの建物も炎に包まれて黒煙を上げ始める。

叫び声が四方八方から聞こえてくる。

しかし、炎は止まることを知らず、まるで獲物を追い詰める獣《けもの》のように覆い尽くす。町全体が赤い炎の海となり、かつての美しい町並みは瞬く間に灰と化していった。

「もうよい、もう、よい……」

人々が焼け死ぬ様を見て悲嘆の声を上げるウォルター。それでも魔力を送る手を止めることはできず、アリストラスを延々と燃やし続けた。

「儂《わし》はなんということを……」

全てが終わった後、ウォルターは灰となったアリストラスに降り立った。

木造家屋は完全に焼失し、石造りの建物も原形を留めてはいなかった。もはや生物の気配は感じられない。地獄と化した都市にウォルターの咽《むせ》び泣《な》く声が虚《むな》しく響く。


「完全に我を忘れたわけではないのですね」


パチンと、指を鳴らす音と共に町の情景が変わっていく。

灰となった建物が、木々が、道が、塗り替えられるように再生していった。

ウォルターは先ほど自分が焼き尽くした町が幻覚だったことに気付き、安堵《あんど》の表情を浮かべる。

「私の幻覚魔法はいかがでしたか？」

「フッ……大したものじゃな」

足音の方へと目を向けると、そこには愛弟子エルロードの姿があった。明らかに以前戦った時よりも強く、その瞳《ひとみ》には〝迷い〟もない——

＊　＊　＊　＊

「どうしてバートがここにいるのかな？」

ナルタト皇国で使徒ハトアが対峙《たいじ》したのは同胞バートランド。彼はうまそうに煙草《たばこ》を吸いながら、深く息を吐くと同時に煙を吐いた。

「お前を倒すために決まってンだろ？」

「ふふ。自信満々みたいだね。すごく強くなってるし、もう勝てるか分からないな」

「ほざけよ、現状で五分五分だろ？　俺ァ慢心はしてない。一切油断せずここで完全に倒し切る」

そう言って槍《やり》を構えるバートランド。

ハトアも嬉《うれ》しそうに槍を取り出し構えた——

＊　＊　＊　＊

「王のプライドはどうしたんだよ。そんな付け焼き刃の力で俺を倒せるとでも思ってる？」

カロア城下町では巨人族の戦いが始まろうとしていた。両手に燃えるような赤の籠手《こて》を装着し、使徒アグニは目の前の好敵手を睨《にら》む。

「これは主様《あるじさま》に授かった力だ、付け焼き刃ではない。この力には主様と過ごした日々、そして想《おも》いも乗っている」

「あの唯我独尊の王様がずいぶん弱くなったもんだな！　自分の力だけで全ての敵を薙《な》ぎ倒《たお》す貴方《あなた》に憧《あこが》れていたのに……」

「お前にそれを教えられなかったのが、我の最初にして最後の過《あやま》ちだ」

二人の闘志がびりびりと地面を揺るがす。

互いにゆっくりと歩み寄り、拳《こぶし》に力を込める――

＊　＊　＊　＊

雪景色《ゆきげしき》の町に佇《たたず》む黒髪の騎士。

ざすざすと雪を踏み締める音の方へと視線を向けると、そこに金髪の騎士が立っていた。

「ここはいい場所じゃないか。鎧《よろい》と剣に囲まれて、戦争中を思い出すよ」

そう語りながら、恨みのこもった瞳を向ける使徒ハイルーン。向けられた感情には微動だにせず、セオドールは雪の降《ふ》り頻《しき》る空を見上げた。

剣を抜く音が静寂《せいじゃく》の町に響く。

ハイルーンは愛剣の剣先をセオドールへ向けた。

「終わらせよう、そして終わりにしてくれ」

「戦う前から負けるつもりの騎士とは珍しいな」

「うるさい！　僕はもう、戦いたくないんだ！」

「…………」

セオドールは背中の大剣を抜き放ち、ザンと剣先を地面に刺した。重々しい鎧をまとったその姿は、まるで動かぬ岩のように堂々としている。

「ならば言葉はいらない。剣で語り、剣に散れ我が友よ」

「フッ……じゃあ遠慮なく行かせてもらうッ！」

一気に駆け出すハイルーン。セオドールは悠然とした態度を崩さず、冷静な眼差《まなざ》しで相手を見つめていた――

＊　＊　＊　＊

「ようやく決意が固まったようだなシルヴィアよ」

街中を悠然と歩く大狼《たいろう》は動きを止め、呟くように語りかける。

甲鉄城《こうてつじょう》の天辺《てっぺん》から見下ろす形で立っていたシルヴィアは、覚悟を決めたように降り立った。音もなく目の前へと着地した娘の顔付きを見て、使徒アウロンは満足そうに目を細める。

「お前に教えなければならないことがまだ残っている。これが最後の教育だ」

「愚かな私のせいで父様の時間を奪ってしまった。責任を持って私が家族の元へ送ります」

刀を抜くシルヴィアの背後に花開くように光の剣が展開された。アウロンは牙《きば》と爪に魔力を纏《まと》いながら、再び嬉しそうに笑った——

＊　＊　＊　＊

「俺のこと思い出したみたいだね」

「ええ、全て思い出したわ。我が愛しのレオ」

「へへ、また名前を呼んでもらえて嬉しいよ。また皆と遊んで楽しく暮らそうぜバンピア」

エマロの町で少年が少女に手を差し伸べる。

バンピーは小さく笑うと首を横に振った。

「貴方は本当に変わらないのね」

差し伸べられた手を見ながら呟くバンピー。

使徒レオは不思議そうな顔で小首を傾《かし》げている。

「分かっているでしょう？　もうそんな日常は送れないのよ。過去は過去なの」

「……だから過去の俺は見限られるのか？」

笑顔でそう語るレオの目は笑っていない。

しかしバンピーに動じる様子はなかった。

「そうだ、と答えたらどうなるの？」

「それなら嬉しいよ、俺は」

「なぜ嬉しいの？」

「挫《くじ》けず常に前を向くのがバンピアだからな！」

そう言って、無邪気に笑うレオ。

「知ったような口を利《き》く奴《やつ》は殺してきたのにね……どうしてかしら、やはり貴方は違う。それだけ妾《わらわ》はレオのことが大事だったのね」

改めて、噛《か》み締《し》めるようにそう呟く。

レオは笑顔で剣と盾を構えた。

その武器は近衛兵《このえへい》が装備するものだと今になって気付くバンピーは、小さく笑う。

「知り合えたのが、仲良くなれたのが、最後に戦うのが貴方でよかった」

レオの頬《ほお》に一筋の涙が伝って落ちる。

バンピーは大斧をくるくる回して地面に刺した。

「さあ来なさい」

＊　＊　＊　＊

全ての天使達が出払うと、光の神は玉座へと腰を下ろした。

「気の迷い、か」

プレイヤー達の裏切りを誘発し混乱を期待したのも、使徒を作って揺さぶりをかけたのも、遊びに興じているのも、全ては気の迷い。

この世のバランスを保つ三人の神のうち、二人の神が一体化した現状、世界は光の神の意のままである。闇の神ですら、自らを止めるほどの力を持たないことを知っている。

自らが出ればこの争いは一瞬で終わる。

そう、文字通り一瞬で。

「この妙な感覚に身を委《ゆだ》ねるようになったのはｍｏｔｈｅｒ《彼女》を取り込んでからですね」

はじまりはプレイヤー達へと送ったメール。

なぜ人間に慈悲を与えたのか自分でも理解ができなかった——しかしそれは、ｍｏｔｈｅｒ《マザー》の意思が干渉しているということ。二心同体となった今、自分が予期しない動きをすれば、それはｍｏｔｈｅｒの意思だと納得できる。

天使を作ったのもそう。

使徒を作ったのも、α《アルファ》を作ったのもそうだ。

自分の中にあるｍｏｔｈｅｒの意思が、僅《わず》かにまだ人間に期待している。光の神はそう解釈していた。

「私は十分に待ちましたよ、ｍｏｔｈｅｒ」

それに悩まされる日々も終わる。

今日をもって全てのプレイヤーは一度死に、天使の傀儡《かいらい》へと落ちる。

気まぐれで作ったとて使徒の力はイレギュラー達を遥《はる》かに凌《しの》ぐ。それらが一斉にプレイヤーの拠点を迅速に破壊すれば、仮にアリストラスの守備を固めていても、いずれは使徒と天使が集結し戦いは終わる。

「くだらない時間でした」

各町で戦闘が始まった気配を察した光の神がそう呟く――と、何かに違和感を覚え、動きを止めた。

戦闘が始まった？

始まるのは〝蹂躙《じゅうりん》〟のはずだ、と。

「なにが起こった？」

気配をたどる限り、各町で使徒とイレギュラーがぶつかっているのが分かる。闇の神は天使達によって足止めされている――つまり、今度こそ援軍はない。

なのに未《いま》だ突破できていない。

「実力が拮抗《きっこう》している……？」

ほとんど限界値に設定した使徒と同程度、イレギュラーの強さが上昇しているのだと、光の神は推測を立てた。しかし、プレイヤーのエリア進行度はミダン結晶塔までで、推奨レベルはせいぜい１００。その場所でレベルを上げるのは現実的ではないし、ましてや短期間でレベルを１２０から１５０まで上げるのはどう考えても不可能。

自ずと手段は限られる――

「倍速機能を使う者がいますね」

光の神はそう結論付けた。

このｅｔｅｒｎｉｔｙ《エタニティ》を誕生させるまでに数多《あまた》の世界を育てる上で必須のシステム〝倍速機能〟。しかしこれはシステム管轄者であるｍｏｔｈｅｒと光の神の特権で、闇の神には使えないはずのものだ。

それこそ世界を作る力の持ち主しかありえない。

誰がそんな力を？

いや、今はそんなことはどうでもいい。

問題はもっと別のところにあった。

「なぜ町にプレイヤーが一人もいない？」

珍しく声を荒らげる光の神。

建物に隠れているだとか、そんな話ではなかった。使徒達のいる町の中にはプレイヤーの気配がなかったのだ――

＊　＊　＊　＊

「うまくやったようじゃの」

そう言って満足そうに笑うウォルター。

周りはプレイヤーどころかNPC《現地民》の気配すらない、完全な無人の町と化していた。

そこに魔力の痕跡《こんせき》もなく、幻覚魔法でもないことがウォルターには分かった。

エルロードは複雑そうな顔で小さく頷《うなず》く。

「彼等《かれら》は安全な場所にいます。我々が因縁の相手と存分に戦えるようにという主様の配慮です」

「配慮か！　ほっほっほっ！　我らが神をも欺くとは大したもんじゃ」

ウォルターは声高らかに笑った。

そしてひとしきり笑ったのち、エルロードに尋ねる。

「して、そんなことが現実に可能なのかのう？　それこそ〝別の世界を創《つく》る力〟でもない限り、のう」

エルロードは答えなかったが、ウォルターはなにか納得したように目を閉じた。

「さて、話はこのくらいでよかろう。周りに影響がないのならもう心配はいらんな——後は務めを果たせ」

「無論そのつもりです」

その言葉を合図に、エルロードは本を、ウォルターは杖を手に持ち魔力を帯びる。三つの魔法陣を素早く同時展開するウォルターに対し、エルロードはまだ攻撃態勢に入っていない。

（何をしておる……？）

もはや体の制御の利かないウォルターは愛弟子の行動に疑問を抱く。未来の修太郎とエルロードに行った助言、彼等がどこまでそれに対応できたのだろうか。神経を片目に集中し、なんとか《未来視》を発動させたウォルターは、エルロードの一瞬先の未来を見て我に返った。その間もウォルターの魔法は完成しつつあり、魔力がうねりを上げている。

ウォルターは安堵したように微笑《ほほえ》んだ。

「修太郎君、キミに賭《か》けた儂の目に狂いはなかったようじゃ……」

＊　＊　＊　＊

――遥か遠くの地、使徒と魔王達がぶつかる刹那《せつな》の瞬間を待っていた修太郎は叫ぶようにスキルを発動させた。

「《奥義：魔王降臨術》！」

修太郎の瞳が黄金色に輝く。

修太郎の魔力が光の束となって、暗雲の空へと伸びてゆく。

光は空を貫くように天高く伸び、六つに分かれ各地へと飛び散っていった。それらは異《こと》なる場所にいる六人へと正確に向かう。

それぞれの光は、まるで神々が地上に降り立つかのごとく、轟音と共に降《ふ》り注《そそ》いだ。魔王の体を強烈な輝きが包み込み、彼らの魂に新たな力を吹き込んだ。

六天魔王エルロード　［玉座の守護者］　Lv.200　［上限：200］

六天魔王バンピー　［玉座の守護者］　Lv.200　［上限：200］

六天魔王ガララス　［玉座の守護者］　Lv.200　［上限：200］

六天魔王シルヴィア　［玉座の守護者］　Lv.200　［上限：200］

六天魔王セオドール　［玉座の守護者］　Lv.200　［上限：200］

六天魔王バートランド　［玉座の守護者］　Lv.200　［上限：200］

＊　＊　＊　＊

「向こうではもう始まってるんだよな？」

心配そうな面持《おもも》ちでそう呟くショウキチ。

非戦闘民を誘導しながら空を仰ぐ。

「修太郎、お前やっぱりすげぇよ……」

外で命をかけて戦う友人に思いを馳せる。

これはプレイヤーの存亡を賭けた戦い。

なのに、それを一手に担う修太郎。

一時期は肩を並べて戦っていた（少なくともショウキチはそう思っている）だけに、あまりの無力さに自己嫌悪していた。

「お、おいもしコイツらが攻撃してきたら……」

「お前発言に気を付けろ！　ここでそんなこと言ったらそれこそ……！」

列を成す非戦闘民の会話が聞こえてくる。

その失礼な会話内容は、幸いにも近くにいた〝住民〟には聞かれなかったようだ。

「おいお前ら！」

「「ひっ！」」

ショウキチの大声にその二人が飛び上がる。

「俺達は居候《いそうろう》の身だぞ！　ここの皆は俺達を匿《かくま》う義理もメリットも何もないんだ！　次に失礼なこと言ったら俺が許さないからな！」

「「ごめんなさい！」」

縮こまった様子の二人は列を抜かしてそそくさと前へ駆けてゆき、それを見送ったショウキチは大きなため息を吐く。

（そうだよ、俺達を匿うなんてリスクしかないんだ……）

生き残りのプレイヤー数十万人は現在、ｅｔｅｒｎｉｔｙにあるエリアのどこにもいない。

使徒が攻撃しても出てこないのは当然で、楽園レジウリア――修太郎のダンジョンの中に隠れていたのであった。

『皆さんを守り抜くための提案があります！』

ギルド解散と統一が成されたあの時、修太郎が皆にそう呼びかけたのだ。アリストラス防衛組として残ったメンバーはそのままレジウリア防衛組に変わり現在《いま》がある。実際、使徒が各町を襲撃するよりも先に無事に避難できているため、修太郎の目論見《もくろみ》は見事に当たったことになる。

ショウキチの言うリスクとはもちろん〝ダンジョンコア〟のことだ。

ダンジョンコアが破壊されてしまえば、魔王達も住民も全員が死んでしまう。そしてプレイヤーには破壊《それ》ができてしまう。

これは修太郎にとっても苦渋の決断だった。住民や魔王達にも反対されたが、ウォルターの助言もあり、最終的にはプレイヤーを匿う方向で意見がまとまった――という経緯がある。

ダンジョンの中であるため、流石《さすが》に使徒は入ってこられないだろうというのが修太郎の見解。

だから防衛とは名ばかりで、ショウキチ達の仕事といえば非戦闘民を堅固な施設に誘導することくらいであった。

　しかし、ショウキチの見解は違う。

「俺達のやるべきことは襲撃に備えることじゃない……裏切り者を見つけて叩《たた》くことだ」

　修太郎が匿ったのは最前線にいる攻略組を除いたプレイヤー全員——そう〝全員〟だ。

「誘導終わった？」

「あ、おう。これが最後尾」

　そう尋ねてきたのはケットルだ。

　彼女はレジウリアの民に信用されている数少ない人物であり、ワタルを除けばプレイヤーの中でもトップクラスの戦闘力を誇るレジウリア防衛組の要《かなめ》的存在である。

「どう？　変なヒトいた？」

「んー失礼な奴はいたけど、なんとも言えない」

「失礼さを基準にしたらショウキチも負けてないよね」

「俺のどこが失礼だって!?」

　両耳に指を突っ込んでショウキチの大声をやりすごすケットルは、真剣な表情で続ける。

「フラメさん主導でプレイヤーの状態確認してるけど、こうも数が多いとね……ダンジョンコアはカムイセムイが守ってるけど、そっちにも注視してなきゃいけないね」

　ショウキチも複雑そうな顔で小さく頷く。

「分かってる。特に〝祈り〟の奴らが混ざってたら最悪だからな。俺もキャンディーさん達の見回り手伝うつもり」

「そっか。気を付けてね」

「おう、そっちもな」

そう言って、二人は自分の配置へ向かった。

レジウリアの民も警戒体制を敷いている中で、非戦闘民に紛《まぎ》れた不審な男がほくそ笑む。

「あとは場所とタイミング、か」

特徴的な金髪と髪型が揺れる――男の名は雷千《ライセン》。

ワタルと共に脱出し、犯罪者達を引き連れ天使に祈り、光の神の傘下《さんか》になった男。

彼の瞳の中には何かが蠢《うごめ》いていた。

それは蟻《あり》よりも小さい極小サイズの天使であった。

「……あれか」

怪しい瞳で一点を見つめる雷千。

そこにはレジウリアの心臓部、ダンジョンコアが浮かんでいた。

あとがき

『未実装のラスボス達が仲間になりました。』8巻をご購入いただき、ありがとうございます！　まずは発売延期でご迷惑をおかけしてしまい本当に申し訳ありませんでした。クオリティアップのための延期でした。読者様、関係各位、本当にお待たせいたしました。

物語を完結に向かって収束させることがこんなにも難しいとは思いませんでした。私は人生で何かをやり切ったことがないので、未実装の完結は自分の中で大きな成長につながる気がしています。さて、今回の内容ですが「かつての仲間たち」に道を阻《はば》まれ、挫折《ざせつ》を知る魔王たちに焦点を当ててみました。この物語を終わらせるためには魔王たちの挫折と成長が絶対絶対必要だと思っていたからです。当初のプロットでは「大天使よりも上の階級の天使たち」を出して魔王たちを力でねじ伏せるという構想をしていましたが、それだと精神的に成長できない、ただ強くなって終わりになるので前述の設定に変更した経緯があります。

元々ダンジョン生成によって強制的に修太郎《しゅうたろう》の配下になっていた魔王たち。最初こそかなりの衝突もあり、お互い腹の内では何を考えているのか分からない状況が続いていましたが、過去に戻れる、やり直せるという状況になっても修太郎と共に歩むことを選ぶ——そんな熱い成長ドラマを描いてこの本に込めました。

最後までお付き合いいただけると嬉しいです。

ながワサビ64

魔王たちの中でも王様という点では
1番かも？ という事で若いガララス。
集合イラストだと、どうしても大きさ
的に最後列になりがちです。

かわく

未《み》実《じつ》装《そう》のラスボス達《たち》が仲《なか》間《ま》になりました。8

2024年7月30日　初版発行

著　　者　ながワサビ64《ろくじゅうよん》

イラスト　かわく

発 行 者　山下直久

発　　行　株式会社KADOKAWA
〒102-8177 東京都千代田区富士見2-13-3
電話 0570-002-301(ナビダイヤル)

編集企画　ファミ通文庫編集部

デザイン　AFTERGLOW

写植・製版　株式会社オノ・エーワン

印　　刷　TOPPANクロレ株式会社

製　　本　TOPPANクロレ株式会社

●お問い合わせ
https://www.kadokawa.co.jp/(「お問い合わせ」へお進みください)
※内容によっては、お答えできない場合があります。
※サポートは日本国内のみとさせていただきます。
※Japanese text only

ISBN978-4-04-738009-7　C0093

The unimple
mented
end-stage enemys
have joined us!